講談社文庫

人間じゃない

〈完全版〉

綾辻行人

JN051505

講談社

――ぽち丸に――

目次

赤いマント……009
崩壊の前日……061
洗礼……089
蒼白い女……187
人間じゃない——B〇四号室の患者——……197

仮題・ぬえの密室……267
単行本（二〇一七年版）あとがき……346
文庫（完全版）あとがき……349
解説　新井久幸……353

人間じゃない

〈完全版〉

赤いマント

初出――『小説すばる』一九九三年十一月号

「館《やかた》」シリーズの第四作『人形館《にんぎょうかん》の殺人』（一九八九年刊）の後日譚《ごじつたん》に当たる物語。架場久茂《かけばひさしげ》と道沢希早子《みちざわきさこ》のコンビを探偵役にして短編連作を――という目論見《もくろみ》が、発表当時はあった気がするのだが、実現しないままこれだけが放置されてきた。僕の短編ではたぶん唯一の、ごく普通の推理小説なのではないかと思う。

1

「あかーいマントをかぶせましょうか」

細い掠《かす》れた声で、歌うようにそう云《い》った。

「えっ？」

道沢希早子《みちざわきさこ》は思わず首を傾《かし》げながら、ガラストップのテーブルを挟んで向かい合った相手の顔を見直した。

「どうしたの。急に変な声で」

「あれぇ、知らへんの？　先生」

相手の少女――水島由紀《みずしまゆき》は、くすっと鼻で笑って、それからふっと真顔になり、

「このごろね、ほんまに出るんやて。みんないつも噂《うわさ》してるよ。あたしは実際に聞いたわけやないけど……ねえ先生、信じる？」

「出るって、何が」

と、希早子はさらに首を傾げる。

「いきなり信じるかって訊《き》かれても、困るなあ」

「そやからぁ、今の声」

由紀はまた細く声を掠れさせて、

「『あかーいマントをかぶせましょうか』――って、どこからともなしに聞こえてくるん。部活の友だちが、もう三人も聞いてはるんやから」

「何だ。お化け、なの？　それ」

「オバケかユーレイか知らへんけど、とにかく出るんやて。学校や公園なんかのトイレに。雨の日や、暗くなってからがヤバいらしい」

「痴漢《ちかん》じゃないの？」

「まっさか」

淡いピンク色の唇《くちびる》をいっぱいに開いて、少女はあっけらかんと笑う。

「トイレの痴漢やったら、ふつう黙ってるんとちゃうかなぁ。それにね、その声、実際に聞いた友だちの話によると、女の人の声なんやて。そやからね、みんないろいろ云《ゆ》うて怖がってるん。ずっと前にそのトイレの中で自殺した子がいて、とか。何か形の見えへん妖怪《ようかい》みたいなものがいて、とか……」

由紀は、希早子がアルバイトで講師をしている学習塾の生徒だった。大学の帰りに立ち寄ったレコード店で先ほどたまたま出会い、喫茶店にでも行こうかという話になった。——一九八八年六月十一日、土曜日の午後のことだ。

高校一年生だから、年齢は十五か十六。色白で少しふっくらとした面立ちは、おとなしそうな、いかにも「京都育ちのお嬢さん」という感じだった。胸のあたりまで伸ばしたつややかな黒髪。レモン色のブラウスを着た華奢《きやしや》な身体《からだ》。——同性の希早子の目をも惹《ひ》きつける可憐《かれん》さが漂《ただよ》っている。

このあとボーイフレンドとデートの約束なの——と、さっき嬉《うれ》しそうに云っていた。「そっかぁ、うらやましいなあ」などと希早子は何気ないふうに応じたけれど、一方で「ボーイフレンド」や「デート」という言葉につい、自分が彼女の母親ででもあるかのような心配を覚えもした。保護欲をそそられるのだ。

「そんな話が流行《はや》ってるのねえ」

云って、希早子は苦笑した。いかにも女子高校生のあいだで噂になりそうな怪談だな、と思った。

「由紀ちゃんもそれ、怖がってるわけ？」

「べつに……ああでも、やっぱりちょっと気色悪いかなぁ。あんまりみんなして、ああやこうや云うから」

「むかし流行った『口裂け女』みたいなものか。十年ほど前だったかな」

「あ、それ知ってる。『わたしきれい？』ってやつ」

「由紀ちゃんはまだ、小学校に入るか入らないかのころでしょ。よく考えてみると笑い話みたいなところも多かったけど、あれ、けっこう怖かったよね」

「百メートルを十秒で走る、とか？」

「そうそう。コンペイトウが苦手だ、とかね。いやにディテールが凝《こ》ってて……。当時わたしが住んでたところ、近くに精神病院があったりしたものだから、その病院の何号室からいついつに脱走したんだなんて、もっともらしい尾ひれが付いてね。そのうち、どこそこで見かけたって云う子がいっぱい出てきちゃって、もう大変。小学校じゃあ、子供が怖がって帰れないって、ずいぶん問題になってたっけなあ。

——で？　今の『赤いマント』の話、由紀ちゃんはどうなの。信じてるの？」

口調を改めて希早子が尋《たず》ねると、由紀はそれに釣られたように表情を硬くした。何となく怯《おび》えているふうにも見えた。

「とりたてて悪さをするわけじゃないんでしょう。変な声が聞こえるだけで」

すると由紀は「ううん」と首を横に振り、

「まだね、続きがあって」

いくぶん声をひそめて云った。

「そうなの？」

「うん。――『赤いマントをかぶせましょうか』って訊かれて、そのときにもしも『いいえ』って答えたら声はぴたっとやむんやけど、ほっとして外へ出ようとしたら、トイレのドアが開かへんの。押しても引いても、びくともせえへんて。困ってるとまた、『赤いマントをかぶせましょうか』って、同じ声が訊いてくるん。そこでじっと黙ってたら、そのうちすんなりドアは開くんやけど、うっかり『はい』って返事してしもたら――」

もったいをつけるように、由紀は言葉を切った。飲みかけのアイスティーのストローにちょっと口をつけてから、上目遣いに希早子の顔を見て、「そしたらね」と続ける。

「そしたら、身体中からいっぱい血ぃ流して、死んでしまうって。針で刺したみたいな傷がそこいら中にできて、噴水みたいにぴゅうぴゅう血が噴《ふ》き出して、真っ赤になって……それで『赤いマント』なんやて。――ねえ先生、信じる？」

「まさかね」

　どうやら由紀はかなりの程度、その噂を真に受けている様子だ。希早子があっさり笑い飛ばそうとすると、微妙に目もとをこわばらせ、不服そうに口を尖《とが》らせて云うのだった。

「そやけどね先生、みんなわりかしマジで怖がってはるんよ。この辺やと、ほら、あっちのほうに児童公園があるでしょ。あそこのトイレにね、よう出るんやて。K＊＊大の教養部のトイレも危ないらしい。先生も、気ぃつけたほうがええと思うんやけどなぁ」

2

「ふうん。今ごろまた『赤マント』の話が流行ってるのか」

　額《ひたい》にうちかかった前髪を大まかに掻《か》き上げながら、架場久茂《かけばひさしげ》が云った。

「今の話しぶりだと、これまでに聞いたことがないみたいだね。知らなかったの、道沢さん」

　希早子はちょっとびっくりして、

「あれぇ。架場さんも知ってるんですか」

「知ってるも何も、『赤マント』って云えば昔からある、けっこう有名な話だよ」

「ほんとに？」

「うん」

頷《うなず》いて架場は、組み合わせた両手の親指で会議机の端《はし》をとんとんと叩《たた》きはじめる。

「僕が最初に聞いたのは、小学校の五年生くらいのころだったかな。クラスで流行ってね、あっと云うまに学校中に広まって、低学年の子なんかが一人でトイレへ行けなくなる騒ぎになった。もっとも、そのときのは『マント』じゃなくて『半纏《はんてん》』だったんだけれども」

「はんてん？」

「そう。話の骨格はだいたい同じだね。トイレに入ると、『赤い半纏、着せてやろ』──だったかな、そんな声が聞こえてくるっていうところから始まって……」

京都市左京区《さきょうく》。K＊＊大学文学部の古びた学舎の四階にある〈社会学共同研究室〉。この部屋の〝主〟である助手の架場のもとへ、希早子はちょくちょく遊びにやってくる。

六月十三日、月曜日。この日も、午前中にひとコマあった講義を受けおえたその足で、彼女はここを訪れた。デスクの上で開いた専門書に顔を伏せていつものようにうたた寝していた架場を呼び起こし、コーヒーを淹《い》れてやり、そうして何となく話題に持ち出した——それが、土曜日に水島由紀から聞いた例の怪談だったのだ。

「ところがね、これはむろんあとで知ったことなんだけれども、この『赤マント』の噂のそもそもの始まりは、戦前——昭和の初期にまで遡《さかのぼ》るというのさ。僕の父親なんかが子供だった時分だね」

云いながら架場は、落ちてきた前髪をまた掻き上げる。

「当時の子供たちのあいだじゃあ、『赤マント』は『怪人二十面相』や『黄金バット』と混同したイメージが持たれていたらしい。『二十面相』は知ってるよね」

「さすがに知ってます」

「『黄金バット』は？」

「ずっと小さいころ、テレビのアニメで観た憶《おぼ》えがありますけど。元はそんなに古いものなんですか」

「あれのオリジナルは、戦前の街頭紙芝居だったんだよ」

「そうなんですか」

『怪人赤マント』という形で、その噂は子供たちのあいだに広まっていったんだけれども、こいつの正体については種々の説があった。たとえば子供をさらって血を吸うっていう、云わば〝吸血鬼説〟。そんなふうに『赤マント』を恐怖の対象として扱うものから、女学校のトイレに出没して、便器の中から手を出してお尻《しり》の後始末を手伝ってくれるっていうコミカルなものまで……噂は本当に多種多様だったみたいで」

「架場さんがむかし聞いた話やいま女子高で流行ってるのとは、だいぶ違うんですね」

「まあ、当時も似たようなパターンがあったのかもしれないけれど。いずれにせよ、元をただせば一つのものであったはずのお話が噂として広まり、語り継がれていくプロセスの中で、徐々にそういう形へと変化していったわけだね。

トイレに出没する『赤マント』は、まず女の子に『赤い紙がいいかい？　それとも青い紙がいいかい？』と質問してきたっていう。その台詞《せりふ》が、〝吸血鬼説〟のほうが持つ〝怖いイメージ〟に引き寄せられて、『赤いマントをかぶせましょうか』に変わっていった。『マント』を『半纏』に変えて伝える者もいた。

――にしても、なかなか面白いねえ。今ごろになってまた、こんな怪談が女子高生のあいだで活性化しはじめてるっていうのは。その水島さんって子、道沢さんは前から親しくしているわけ？」

「ええ。中二のときからうちの塾に来てる子なんです。一人っ子で、わたしくらいのお姉さんが欲しいんだって云ってなついてくれて。塾のあとなんかも、ときどきお茶をご馳走《ちそう》したりするんです」

「真面目《まじめ》な子なの？」

「どっちかと云うと、そうですね。お父さんは化粧品関係の会社に勤めているそうで。何でも仕事でしょっちゅう外国へ行ってて、家にいないことが多いらしくて。やっぱりそれは寂《さび》しいみたいだけど、基本的には明るくて元気で、友だちづきあいもいいし……」

「頭もいい？」

「成績は普通くらいかな。でも、ああ見えてなかなか鋭いところがありますね。学校では演劇部に入っていて、いずれ自分で脚本を書いてみたりもしたいんだとか」

「なるほど」

空になったコーヒーカップを両手の指で玩《もてあそ》びながら、架場は小さく頷いた。

「そういう子が、その『赤いマント』の怪談をかなり真剣に怖がっている様子だった、と」

「そんなふうに見えましたね、わたしには。でも――」

「何かな」

「彼女たちにしてみれば、ああやって怖がってるのも〝遊び〟の一つなんじゃないかな」

「遊び？」

架場はカップから指を離し、眠そうな目をしばたたいた。

「そうだね。もちろんそれでいいんだよ。遊びであれ何であれ、とにかく彼女たちは信じたがっているわけさ。どんなに莫迦莫迦《ばかばか》しい噂でもいいから、信じたがっている。そのくらい不安定だってことだね、彼女たちを取り巻く〝現実〟が」

それから大きな欠伸《あくび》を一つして、「道沢さん？」と希早子の顔を見やり、

「もう一杯、コーヒーが欲しいなあ」

「はいはい」

希早子は机を離れ、部屋の一角に置かれたガス焜炉《こんろ》に向かう。薬缶《やかん》を持ち上げ、中に残っている水の量を確かめる。するとそこで、架場が急に声のトーンを上げて云った。

「良かったじゃない、道沢さん」

「はあ？」

何が良いのかさっぱり分からず、薬缶を持ったまま希早子が振り向くと、

「卒論のテーマが見つからないって悩んでただろう。これを取り上げればいい。エドガール・モランの『オルレアンのうわさ』は読んでる？　あの辺と絡ませてやったら、院試でここの教授たちの目をごまかすくらいの論文、すぐにでっちあげられるから」

一度だって大学院進学を口にしてなどいないのに、架場は希早子が三回生のときからそう決めてかかっているのだ。

「あの、架場さん、わたし……」

あまりその気はないんです、と云おうとしたのを、

「いやあ、いいテーマが見つかって良かったね。うん。良かった良かった」

しきりに頷いて遮《さえぎ》り、相変わらず眠そうな顔に柔らかな笑みを浮かべる。

希早子は三十五歳の助手が見せるその茫洋《ぼうよう》とした笑顔が好きだったが、それだけに、ときとして大の苦手でもあった。

3

夜の道を一人で歩くのはやはり、あまり気持ちの良いものではない。

（あーあ、タクシー拾うんだったな）

ときどき立ち止まっては背後を振り返りつつ、希早子は今さらながらに多少の後悔を感じていた。

六月十八日、土曜日。

夕方からゼミの友だち二人と映画を観に河原町《かわらまち》へ出た、その帰り道だ。映画のあと入った喫茶店で長話をし、気がついてみると午後十一時過ぎ。友だち二人は、「今夜は飲もう」「そうしよう」と意気投合して夜の街へ繰《く》り出していったのだが、希早子は何となく気が進まなくて、独《ひと》り帰ることにしたのだった。

希早子が住んでいる学生マンションは北白川《きたしらかわ》のほうにある。そこまで行くバスの最終便の時刻は、もう過ぎてしまっていた。タクシーを拾うしかないか。そう思っているとちょうど、河原町通を北上するバスがやってきた。

これに乗って、途中から歩けばいい。

とっさにそう思い直したのは、先月、研究室の新歓コンパの帰りに乗ったタクシーの運転手の、訴えてやりたいくらい乱暴な言葉遣いと態度を思い出したからだった。

「河原町今出川《いまでがわ》」でバスを降りた。マンションまでは歩いて三十分足らずの距離だ。鴨川《かもがわ》の橋を渡って裏通りに入る。入ってすぐに、まずいかな、とも思った。このあたりで最近よく痴漢が出る、という噂を聞いていたからだ。ちょっと足を止めて考えたが、表通りに引き返すのはやめにした。

今年の一月、場所や事情は違うけれども同じような夜の帰り道で、希早子は命の危険を感じざるをえないような災難に遭っていた。そのときの記憶がちらりと頭を掠めはしたのだが、彼女の思考構造は生来、楽天的にできているらしい。つい数ヵ月前にあんな事件があったばかりなのだから、同じレベルの災厄にそうそう続けて見舞われるものではない——と、そんなふうに問題を片づけてしまう。その論理に従うなら、河原町でタクシーを拾わなかった理由は理由にはならないわけだが、

(人間の行動なんて、そうそう理屈で割りきれるものじゃない!)

これもまた、社会学や心理学の専門書に頭を悩ませるときなどに彼女がいつも思うところなのだった。

夜の空気は梅雨どきのそれらしく、じっとりと高い粘度を含んで不快だった。生ぬるい風。首筋やブラウスの下に滲《にじ》む汗。そのくせ、黒いアスファルトを踏む足の先には妙な冷たさがつきまとう。

裏通りに、人の姿はまったくなかった。

仄白《ほのじろ》い街灯の光に照らし出され、いびつに伸び縮みを繰り返す自分の影を目で追い

ながら、希早子はいくぶん速足になって歩いた。

（この道をまっすぐ行ったら、こないだ由紀ちゃんが云ってた公園の横を通るなあ）

考えるともなしに考えていた。

『あかーいマントをかぶせましょうか』

あのときの、由紀の声が耳に蘇《よみがえ》る。他愛《たわい》もない怪談だと分かっていても、この状況で思い出すとやはり、何となく気味が悪い。

『あかーいマントを……』

『どこからともなしに聞こえてくるん』

『あかーいマントを……』

『そしたら、身体中からいっぱい血ぃ流して、死んでしまうって』

『噴水みたいにぴゅうぴゅう血が噴き出して、真っ赤になって……』

ああいう種類の話は、もともとあまり好きなほうではなかった。

小学校から大学まで、修学旅行やサークルの合宿などで夜になると必ず誰かが始める「肝試し」だの「百物語」だのには、だからほとんど参加したことがない。架場久茂が「けっこう有名な話」だと云う「赤マント」の怪談を知らなかったのも、そのせいだろうと思う。

怪談を好まぬ人間は、概して二つの型に分けられる。

一つは、とにかくその種の話を本気で怖がり、過剰に怯えてしまうタイプ。

もう一つは、はなからその非現実性を莫迦にして笑い飛ばしたがるタイプ。

希早子はどうかと云うと、このどちらにも極端に傾いてはいない。

幽霊や妖怪の存在を真面目に信じてもいない代わりに、そのすべてを科学的な常識でもって否定しようとも思わない。科学では説明できない〝不思議〟もこの世にはあるだろう、とは感じているからだ。ただ、自分がそれをこの目で見た経験がないから、無抵抗に信じたり恐れたりする気にもなれない。

しいて云うならば、希早子が嫌いなのは、たとえば「百物語」が行なわれるときの、あのいかにもといった雰囲気作りだった。テレビで見かけるその手の特集番組の、わざとらしい演出はもっと嫌いだ。しょせんはお遊びなのだから、あれはあれで良いのだろうが、怖がるためだけに怖がり、それを楽しんでいるというあの空気が、どうしても肌に合わない。

人間は〝楽しむ〟ことに対して何て貪欲《どんよく》な生き物なんだろう——と、希早子は思う。

美しいものや快《こころよ》いものだけではない、醜《みにく》いものも不快なものも、悲しみや怒りや、さらには恐怖さえも、人間は昔から飽くことなく楽しみつづけてきたのだ。

恐怖——というその言葉が、希早子の心に小さな波紋を作る。

いったい同世代の若者たちのうちのどれだけが、現実のものとしてあの感覚を知っているだろうか。今まさに自分のこの命が死の淵《ふち》に追い込まれつつあるという、あの冷たい、激しい感覚を……。

　がさっ、と間近で音がして、希早子は足をすくませた。右手の生け垣から黒い小さな影が飛び出し、暗い道を横切っていった。

（……猫？）

　ほっ、と胸を撫《な》で下ろす。

（ああもう、何かいやな感じだなあ）

　いったんバランスが崩れると、人の心はいともたやすく、転がりやすいほうへと転がりはじめる。人通りのない夜道と粘《ねば》りつく闇《やみ》が、その方向を決定づける。

　さっきまではあまり気に懸けていなかった、五ヵ月前のあの「人形館《にんぎょうかん》」事件。——あのときの〝恐怖〟の記憶が、不意に生々しく頭をもたげてきた。このあたりの痴漢の噂や、水島由紀から聞いた「赤いマント」の怪談までが、一緒くたになってそこに巻き込まれていき……。

根が楽天家であるだけに希早子は、そういうマイナス方向への心の傾きに免疫がなかった。いやな想像をするまいとすればするほど、気持ちがそちらを向いてしまうのだ。

誰かが自分を見ているのではないか。

誰かに尾《つ》けられているのではないか。

誰かが。何かが。……

(……どうかしてるぞ、わたし)

しきりに自分に云い聞かせ、無理やり思考を別方向へ持っていこうとする。

ゆうべ読んだ本のこと。

きょう観た映画のこと。

映画のあと三人で入った喫茶店での会話。……

(ああ……そう云えばあれ、由紀ちゃんだったのかな)

映画館から出たところで、希早子の鼻先を掠めるようにして、がっしりとした男の肩が通り過ぎていった。陽に焼けた健康そうな肌の色と、強い男物のコロンの香りが印象に残っている。そしてそう、その男――二十歳《はたち》前くらいの若者だった――の向こうにぴったり寄り添って腕を絡ませた女の横顔が、ちらと目に入った。知っている顔だ――と思った、そのときにはもう、二人は希早子の前を行き過ぎ、週末の夜の人波に呑《の》み込まれていった。

あれは水島由紀だったのだろうか。

真っ白なワンピースを着たその後ろ姿は、希早子が知っている高校一年生の少女よりも、なぜかしらずっと大人っぽく見えたが。

あの女が由紀だったとすると、一緒に歩いていた若者は彼女がこのあいだ云っていた「ボーイフレンド」だということになる。希早子の受けた印象では、「ボーイフレンド」よりもむしろ「恋人」という言葉のほうがしっくりする雰囲気だった。

(……恋人、か)

知らず、小さく溜息《ためいき》が洩《も》れる。

希早子には現在、そう呼べるような相手がいない。大学に入った年に手痛い失恋を経験して以来、特定の男性に心を奪われることに対して、必要以上に臆病《おくびょう》になってしまっているのだ。――とは云え。

素敵な恋人が欲しい、と願う気持ちはやはりある。その点で希早子はごくごく当たり前な、年ごろの女性だった。こちらから好きになるのは怖いから、誰か強引に自分を引き込んでくれる人が現われないだろうか――と、そんなふうに思うこともある。

（そうだなあ。このさい架場さんでもいいんだけどな。あの人、そういう方面にはまるで疎《うと》いんだから）

ようやくそこで、〝怯え〟に傾いた心を持ち直しかけた希早子だったのだが……。

4

前方左手にやがて、水島由紀が先日、注意を促《うなが》していた児童公園が見えてきた。

この手の公園にしてはわりあい広いほうだろう。すっかり葉を茂らせた桜の木々と、そのあいだを埋めた低い植え込みに囲まれて、ジャングルジムやブランコ、滑《すべ》り台などの黒い影がひっそりと並んでいる。その様子が何やら、博物館に陳列された恐竜の化石めいて感じられたりもして——。

深夜の児童公園というのはなかなか不気味な〝絵〟になるな、と思った。ここでたとえば、あのブランコに子供の一人でも揺られていようものなら、それだけで立派な怪談が一つできあがりそうな……。

自然と歩みが速くなった。

公園の隅《すみ》にはささやかな藤棚《ふじだな》が設けられていた。その横に見えるブロック造りの箱形の建物——あれが、現代版「赤マント」が出没するという噂のトイレだろう。

『先生も、気ぃつけたほうがええと思うんやけどなぁ』

由紀は真顔で忠告していたが、云われなくてもよほどの事情がない限り、夜遅くにこんな場所のトイレには入らない。噂を信じる信じない以前の問題だ。

先ほどの〝怯え〟への傾斜にふたたび心が引き込まれそうな気がしてきて、希早子はさらに歩みを速めた。——と、そのとき。

「あっ、先生」

とつぜん横手から、予想もしていなかった声をかけられて、希早子は危うく悲鳴を上げそうになった。

「先生……道沢先生」

振り向いてやっと、声の正体が分かった。ちょうど何かの陰《かげ》になっていたため、それまで気づかなかったのだけれど、公園の藤棚の下に白いワンピース姿の少女が立っているのだ。あれは、あの子——水島由紀ではないか。

「どうしたの、由紀ちゃん」

希早子はびっくりして、少女のほうへ足を向けた。

「どうしたのよ。今ごろこんなところで」

街灯の光で腕時計を見た。もう午前零時をだいぶ過ぎている。

「先生……ああ、良かった」

その場に佇《たたず》んだまま、由紀はかぼそい声を洩らした。

「良かった。あたし……」

「どうしたっていうの」

公園に入り、由紀の立つ藤棚の下へと駆ける。まだ胸がどきどきしている。

「何でこんなところに」

「ごめんね、先生。びっくりさせちゃった？　ええとね……あたし、困ってたん。どうしたらええか分からなくて」

こわばった声――いや、何だかとても苦しそうな声に聞こえた。

「どこか具合でも悪いの」

「うん。急に気分が……その、おなかが痛くなって。でもね、家まではまだずいぶんあるし、とても我慢できそうになくて。でもここのトイレ、入るの怖いし」

「それで困ってたの？」

「――うん」

「大丈夫よ。『赤いマント』なんて実際にはいるはずないんだから」

「そやけど……」

「怖くないわよ。わたしが前で待っててあげるから、早く行ってらっしゃい」

子供をあやす口調で、希早子は云った。

「大丈夫。もしも何か変なことがあったら、大声で呼んだらいいから。ね？」

「ごめんね、先生」

華奢な肩を押すようにして、建物の中までついていってやった。由紀が個室の一つに入ってドアを閉めるのを見届けると、希早子は建物の入口近くに立って外を見やりながら、低く息をついた。

（通りかかったのが、わたしで良かった）

（それにしても、こんなに遅くまで……）

服装の一致からして、映画のあとで見かけたのはやはり由紀だったのだろう。しかし、この時間に女の子を一人で帰すなんて、相手の男はどういうつもりなのか。

由紀のことを可愛《かわい》く思っているぶん、よけいに腹が立った。希早子は思わず、足もとにあった小石を蹴《け》った。静まり返った夜の公園に、からからと音を響かせて石が転がった。すると、そのタイミングで――。

何か妙な音が、ほんのかすかにではあるが、背後から聞こえたような気がした。

(……えっ？)

胸がきゅっ、と締めつけられた。

(なに？　今の……)

「由紀ちゃん、何か云った？」

振り返り、小声で訊いてみた。

「由紀ちゃん？」

返事はない。その代わりに――。

「……を……ましょ……」

細い掠れた声が、途切れ途切れに伝わってきた。

(……まさか)

もう一度、由紀の名を呼ぼうとした。だが、喉《のど》が引き攣《つ》ってうまく声が出ない。

「……あかーい、マントを……」

また聞こえてきた。男のものとも女のものともつかぬ掠れ声の囁《ささや》きが、かすかに。

「由紀ちゃん、返事して」

ようやく希早子が放った呼びかけに、

「せ、先生……」

塗りの剝《は》げた白いドアの向こうから、由紀の涙声が応えた。すると、そのときまた――。

「……あかーい、マントを……かぶせ、ましょうか……」

「由紀ちゃん、中にはあなただけよね」

「……うん」

（そんな……どういうこと？）

希早子はすぐさま、由紀が入っている個室の両隣を覗《のぞ》いてみた。和式の水洗便器と、片隅に小さな汚物入れがあるだけ。――どちらにも、何者の姿もない。

トイレの個室は全部で三つ。由紀が入っているのは真ん中だった。建物の隅にもう一枚、清掃用具がしまってあるのだろう、他よりも幅の狭いドアがあったが、このドアには外からダイヤル式の数字錠がかかっている。

ちっぽけな建物だ。灰色のブロックを積み重ねた壁。コンクリート張りの床。――誰かが身を隠す余地など、どこにもない。

（……天井？）

ふと思いついて、ぞっとした。

（まさか、天井に張り付いている？）

天井に誰か――いや、何かが……。

（……莫迦な！）

思いきって上を見た。――が。

そこには何もいない。いるはずがない。薄汚れ、ところどころ蜘蛛《くも》の巣が張った灰色のコンクリートに、剝《む》き出しの蛍光灯が二本、弱々しく光っているだけで――。

「……あかーい、マントを……かぶせ、ましょうか……」

また声がした。

どこから聞こえてくるのだろう。由紀が入っている個室の中からのようにも思えるし、違うような気もする。

「先生、どうしたらええの。あたし……」

「……あかーい、マントを……かぶせ、ましょうか……」

「先生っ」

「しっ。何も答えないで、早く由紀ちゃん、出てきなさい」

懸命に冷静さを取り戻そうとしながら、希早子は強く命じた。

「さあ、早く」

ドアの掛金を外そうとする音が響いた。待ちきれず、希早子はノブに手を伸ばした。しかしドアは開かない。

「どうしたの、由紀ちゃん。早く……」

「先生……開かへん」

「なに云ってるの。鍵《かぎ》は外した？」

「それが……」

ノブを握った手に力を入れる。ところが、何かに引っかかって開いてくれない。自分の身体が小刻みに震えているのを、希早子はこのときはっきりと感じた。

「……あかーい、マントを……かぶせ、ましょうか……」

断続的に繰り返す、不気味な囁き。

「やめてっ。もうやめてよっ！」

由紀がヒステリックな声を上げる。ドアはどうしても開かない。希早子はノブから手を離し、拳《こぶし》にしてドアを叩いた。

「由紀ちゃん！」

「……あかーい、マントを……」

「先生、助けて」

「……あかーい、マントを……」

「いやっ！」

「……あかーい、マントを……」

「いやよぉ！」

突然、ぴたりとすべての音が止まった。

灰色のコンクリートの箱の中にぽつねんと立ち尽くし、希早子はしばし、口を開くことも身動きすることもできずにいた。

いま直面している出来事の意味が、うまく理解できなかった。

与えられた情報が総じて、ある一つの結果を予告しているのは分かる。けれども理性が、躍起になってその受け入れを拒むのだ。

困惑。

希早子の心の状態は、まさにそれだった。その中に点在する〝恐怖〟の隆起をあるがままに感じ取る余裕すら、まだ持てなかった。

「……由紀ちゃん」

やっとの思いで声を絞り出した。

「由紀ちゃん？」

応答はない。何者かのかすかな囁きも、もう聞こえてはこない。

希早子は恐る恐るドアに手を伸ばした。錆《さ》びた金属製のノブは、彼女自身の脂汗でぬらぬらしていた。

「由紀ちゃん、返事して」

さらに一度、声をかけてみた。だがやはり、応答はない。

息が詰まりそうな静寂。……とくとくと脈打つ、自分の心臓の動きが分かった。膝《ひざ》が震えている。思うように力が入らない。

希早子はノブをまわした。

カチッ、と小さな音が響いた。

ゆっくりとノブを引いた。予想していた物理的な抵抗はなかった。いやな軋《きし》み音を立てながら、ドアは呆気《あっけ》なく開いた。そして――。

「うっ」と喉を鳴らして、希早子は身を凍《こお》らせた。なぜか悲鳴にはならなかった。

ドアの向こうには、信じられない光景が待ち受けていた。

正面の壁に背を預け、両足を便器のあるコンクリートの床に投げ出し……ぐったりと動きを失った少女の身体。その顔、その腕、その服……至るところに、てらてらと光沢をたたえた赤い液体が付着している。

鋭く鼻を刺激する異臭の中、鮮やかに浮かび上がったその毒々しい色は、弱々しい瞬《またた》きを続ける光線の加減もあって、それ自体が生きて蠢《うごめ》いているかに見えた。

瞼《まぶた》を閉ざした水島由紀の、虚《うつ》ろな顔——。

彼女がその身にまとっているのは、さっきまでの白いワンピースではない。真っ赤な色に染まった、それはまさに「赤いマント」だった。

5

「ほんとにわたし、何が何だか分からなくて……」

肩の上で切り揃《そろ》えた髪の先を、小指で巻き取るようにしていじりながら、希早子は二重瞼《ふたえ》の丸い目を落ち着きなく動かした。

「だけど、その赤い液体が由紀ちゃんの身体から噴き出した血じゃないっていうことには、すぐに気がついたんです。においがすごかったから……ああこれは血じゃない、ペンキか何かだなって」

「それはまあ、そうだろうね」

黙って話を聞いていた架場久茂は、生白い頰《ほお》に薄い笑みを浮かべて、

「テレビでも新聞でも、土曜の夜にこの近くでそんな事件が起こったなんてニュース

はまったく報じられていない。仮にその水島由紀って女の子が、いま君が話してくれたような状況で本物の血を流して死んだ、あるいはひどい怪我《けが》をした、という話であれば、そりゃあものすごい怪事件だからね、取り上げられないはずがないものねえ」

「でも架場さん、あのときはわたし、怖くて心臓が止まっちゃうかと思ったんですよ。わけが分からないのは今も同じですけど、あれでもしも由紀ちゃんが死んでいた——なんていう展開だったら、今こうして正気を保《たも》っていられるかどうか」

「確かにまあ……」

架場はごそごそとシャツの胸ポケットを探り、潰《つぶ》れたハイライトの箱を取り出す。

「で、そのあとは？　彼女は無事だったわけだろう」

「ええ、それは一応。由紀ちゃん、気を失ってただけで。わたしが揺り起こして、取り乱すのを何とかなだめて、家まで送っていったんです。ちょうどその夜は、彼女のお父さんが出張から戻ってきたばかりで、お母さんと二人して娘の帰りが遅いのを心配していたところで。由紀ちゃんの姿を見るとご両親とも、ただただびっくりして……」

「事情の説明が大変だったろうね」

「そりゃあもう」

希早子は大きく頷いた。

「当の由紀ちゃんは、帰り道も家に着いてからもずっと茫然自失《ぼうぜんじしつ》の状態で、何を訊いても分からないの一点張りだし。結局わたしが、あったことをそのまま話したんです。だけど、わたしもずいぶん混乱してましたから、いっこうに要領を得なくて……もともと信じてもらえそうもないような話だから、何だかわたしのほうが胡散臭《うさんくさ》げな目で見られちゃって。

でもまあ、怪我があったわけじゃないし、服が一着だめになったりはしたけれど、ご両親は警察沙汰《ざた》にはしたくないみたいで。そのうち由紀ちゃんもちょっと気を取り直して、もう大丈夫だからって。そう云われて、血相を変えていたお父さんもいくらか安心したようで、予定を繰り上げてきょう帰ってきて良かったたって、自分の服が汚れるのも構わずに由紀ちゃんを抱きしめて……」

「帰りが遅いのを咎《とが》める様子は？」

「それどころじゃなかったようですね。前に由紀ちゃんから聞いた話だと、門限はいちおう午後十時と決まってるけど、部活の関係や何かで遅くなることもよくあるんだとか」

「一人娘だから、躾《しつけ》には厳しいんじゃないの」

「お母さんのほうはその辺、あまりうるさい人じゃないそうです」

「お父さんのほうはうるさい、と？」

「そうですね。とにかく娘のことが可愛くて、心配で仕方がないっていう感じで。溺《でき》愛《あい》している、みたいな」

「ふうん。なるほどねえ」

架場は独り納得の面持ちだ。椅子《いす》の上で痩《や》せた身体をふんぞりかえらせながら、話はもう終わりだね、とでも云いたげに煙草《たばこ》の煙を吹き出した。

希早子のほうはしかし、そうはいかない。あの夜、わけが分からぬまま自分の部屋に戻ってから今まで、ずっとあれこれ頭を悩ませつづけているのだから。

あの出来事は何だったのか？

『あかーいマントをかぶせましょうか』

あの声を、確かに希早子は聞いた。由紀も聞いた。けれどもあの狭い建物の中には、誰かが身を隠せるような場所はどこにもなかったのだ。

由紀の叫び声が響き、希早子がドアを開けたとき、そこにはただ赤い塗料にまみれた少女の姿だけがあった。他には誰もいなかった。誰かがどこかであの声を発し、由紀に塗料を浴びせたはずなのに……なぜ？

推理小説《ミステリ》で云うところの〝不可能犯罪〟——だった。その成立のためには当然、何らかのトリックが必要なわけだが、あの夜のあの状況で、いったいどんなトリックを仕掛けることができたというのか？

それが判明しないとなると、出来事の解釈は避けようもなく、希早子の世界観を激しく揺るがすものになってしまう。すなわち、超常的な何者か——姿なき「赤いマント」——の実在の肯定……。

「道沢さん、まさかこの話、『赤いマント』は本当に存在するんだ、という意味で僕に聞かせたんじゃないよね」

希早子の思考を見透かしたように、架場が云った。

「ええ、それは——」

もちろん、そうだ。

ここで短絡的に、この怪奇現象を〝本物〟として受け入れるつもりはない。その前に疑ってかかるべき問題がまずあるし、いろいろと事実を検討してみた結果、十中八九こうに違いないという解釈を、希早子はすでに打ち出していた。——のだが。

「架場さんが考えていること、たぶんわたしにも分かってると思います。わたしだって莫迦じゃないから、きっとそうだろう、そのはずだ、とは思うんです。でも……」

「うんうん」

架場は眠そうな目をしばたたいて、

「その理由が分からない、というわけかな」

「いえ」

希早子は否定したが、声にいつもの元気はない。

「理由も、実は考えてあるんです。でも、どうしても信じられなくて。それよりもいっそ、すべては『赤いマント』の仕業、で済ませてしまうほうがいいように思えて。だからさっきも、今でもわけが分からないっていう云い方をしちゃったんです」

架場はすると、何やら訝《いぶか》しげに少し首を傾げた。

「とにかくまあ、話してごらんよ」

促されて、希早子は背筋を伸ばした。

「あのときの状況が示しているのは、冷静に割りきって考えてみると、たった二つの可能性だけなんですよね。もちろんこれは、あの事件がたとえば、わたしと由紀ちゃんが口裏を合わせた作り話なんかじゃないっていう前提があってのことですけど。ですからつまり、あの事件に〝犯人〟が存在したのだとすると、それはこのわたし自身か、当の由紀ちゃんか、どちらかでしかありえない。そういうことです。

仮にわたしがあの〝声〟の主だったのだとしたら――。

ドアが開かなかったのは、わたしが外から押さえていたから。そうしながら何か踏み台にでも乗って、用意しておいた赤い塗料をドアの上から中の由紀ちゃんに浴びせた。――という話になりますね。

要するに、わたしがすべてにわたって嘘《うそ》をついてるっていう可能性です。だけど、そ、そ、そうじゃないことはわたし自身がいちばんよく知っている。そもそもあの夜、あそこで由紀ちゃんと出会ったのは完全な偶然だったし、あんな塗料をバッグに入れて持ち歩く趣味なんて、わたしにはないし。――誓って云いますけど、わたしはさっきの話で何一つ嘘をついてはいません。

となると、可能性は残りの一つに限定されるわけです。つまり、〝犯人〟は〝被害者〟である由紀ちゃん自身だった。すべては彼女がわたしを相手に演じた独り芝居《しばい》だった」

言葉を切り、希早子は架場の反応を窺《うかが》う。彼は両手の親指で机の端を叩きながら、楽しげに目を細めた。

「まあ当然、その結論になるだろうね。それ以外、どうにも解釈しようがない」

「何か機械的な遠隔操作とか自動装置みたいなものの可能性も、考えてはみたんです。でもあの場所に、そんな仕掛けをセットできるような余地はなかったはずで。それよりも、〝声〟の正体は由紀ちゃんの一人二役で、ドアが開かなかったのは彼女がわざと掛金を外さなかったから、赤い塗料は彼女があらかじめ準備しておいたものを自分でかぶった——と、そう考えるほうが、まだしも納得がいきます。由紀ちゃん、学校では演劇部に入っていて、それなりに演技力もあるだろうし。塗料の容器はたぶん、汚物入れにでも隠したんですね。その中を調べる余裕なんて、あのときのわたしにはとてもなかったから。

こんなふうにして、表に見えている事柄の説明はひととおりつけられるんですけど、問題はその先……」

「なぜ彼女はそんな狂言を仕組む必要があったのか？　だね」

と、架場が云った。希早子は「ええ」と小さく頷いて、

「ただの悪戯《いたずら》だったなんてことは、由紀ちゃんに限ってありえないと思う。いえ、彼女じゃなくても、あんな時間にあんな場所で、わざわざ服の一着まで犠牲にして、単なる悪戯であんな莫迦げた真似《まね》をするなんて、常識じゃあ考えられません。何か相応の理由——動機があったはずですよね。

そこでわたし、思いついたことが一つあるんです。——架場さん？」

「うん？」

「チェスタトンの有名な小説、知ってますよね。あの、木の葉を隠すには……っていうの」

「ああ、『折れた剣』だね」

「わたし、由紀ちゃんがしたかったこと、あの話と同じだったんじゃないかって思うんです。木の葉を隠すのは森の中、森がなければ森を造ればいい。彼女は何か、どうしても隠したいものがあって、そのためにあんな独り芝居を打ったんじゃないのか」

「すこぶる定石的な考え方だね。――で？」

「あの独り芝居によって、由紀ちゃんが〝隠す〟ことのできたものは何か？　あの事件の特徴、あの事件のいちばん目立つ点、そして結果……そう考えていくと、出てくる答えは〝赤〟――『赤いマント』の〝赤〟っていう色です。

彼女が浴びた、あのたくさんの〝赤〟の色――それが、『折れた剣』の〝森〟に当たるものなんじゃないかって、わたし思うんです」

架場は「ははあ」と低く呟《つぶや》き、指の動きを止めた。希早子は続ける。

「そうすると次は、その〝赤〟の色で隠せるもの、隠さなければならなかったものは何なのか？　です。すぐに思い浮かぶのは〝血〟――ですよね。

そんなふうに考えていたら、きのうの夕方に友だちから電話がかかってきて、ある、事件の話を聞いたんです。土曜の夜中、あの公園の近くにある神社の森で、男の人の刺殺死体が見つかったらしいって」

「なるほど。そういう話か」

架場は前髪を掻き上げながら、

「その殺人事件の犯人が水島由紀だった、と？　犯行のとき、返り血で服が汚れてしまった。それを隠すために『赤いマント』の狂言を仕組んだんじゃないか、と君は考えたんだ」

「そうです。——あの辺は最近、痴漢が出るって噂なんです。だから、もしかしたら神社で殺された男っていうのがその痴漢で、あの夜、由紀ちゃんを襲ったのかも。そのとき男が脅しに使った刃物で、抵抗した彼女が逆に男を刺してしまって……」

「けれども君はそれを信じたくない、というわけなんだね」

「——ええ」

うつむいた希早子から視線を外し、架場はゆらりと椅子から立ち上がってガス焜炉のほうへ向かった。

「コーヒー、飲む？　——いや、いいよ。たまには僕が淹れるから」

やがて、薬缶がコトコトと鳴りはじめる。机にカップを並べながら、架場は何気ない調子で云いだした。

「おかしな点があるね」

「――はい？」

「君がいま話してくれた解釈だと、どうもおかしな点が出てくる。たとえば、そうだな、水島由紀は問題の塗料をどこで手に入れてきたのか」

「どこって……」

「彼女が『赤いマント』の独り芝居を打つ必要性は、君の説に従うならば当然、神社で男を殺したあとに生じたんだよね。赤い塗料も、そのときになって初めて必要になった。百万遍《ひゃくまんべん》のあたりに遅くまで開いている画材店があるから、たとえばそこで目的にかなう塗料を買うことはできただろう。しかしね、返り血を浴びた恰好《かっこう》のままで彼女が、そんな買い物に行けたはずはないんじゃないかな」

「でも、それは……」

「仮に何らかの方法で塗料を手に入れられたのだとしても、そのあと彼女は君と会っている。そのこと自体は完全な偶然で、もしもそういう偶然がなかったならば、彼女は自分一人で塗料をかぶって、『赤いマント』に襲われたんだと両親に嘘をつくつもりだったんだろう。ところが、たまたま君と出会ってしまったものだから、ここで君を〝目撃者〟として利用しない手はないと、とっさにそう思いついたってわけだね。それはともかく――。

君はそのとき、白いワンピース姿の水島由紀をすぐ近くで見ている。服に付いた血は、見ていない」

「あの場所は暗かったから、気がつかなくっても不思議じゃあ……」

「暗くて気がつかない程度の血なら、わざわざそんな面倒な工作をしなくてもいい。服を適当に破るなり何なりして、転んだとか何かに引っかけたんだとか、両親を相手にならいくらでも云いわけはできたはずじゃないの。『赤いマント』に襲われたなんていう非現実的な話を持ってこなくてもねえ。

まあしかし、この点については、それだけ『赤いマント』の噂が、彼女にとってある種のリアリティを持っていたからだ、と解釈すれば済むのかもしれない。木の葉を隠す森は大きいほうがいい、という理屈も成り立つしね。――コーヒーできたよ。どうぞ」

架場は元の椅子に腰を下ろすと、ふうふうと息を吹きかけながら、ひと口だけコーヒーを飲んだ。

「しかしねえ、もう一つ決定的な難点があるんだな。これはきっと、君の知らない事実なんだろうけれども。——今朝の新聞は読んだ？」

「あ、いえ。新聞は取ってなくて」

「じゃあ、あとで見ておけばいいよ。問題の神社の殺人事件、社会面にしっかりと記事が載っているから」

「…………」

「その記事によると——たまたま目に留まって憶えてるんだけれど——、確かにその夜、件《くだん》の神社で無職の中年男が刺し殺されている。ところがね、その犯行推定時刻が、君の考えとはまったくずれているんだなあ。

君が水島由紀と出会ったのは、午前零時を過ぎたくらいの時間だよね。神社の殺人はそれよりもずっと遅い、十九日日曜日の午前三時ごろに」

「ああ、それじゃあ」

「残念ながら——って云うのは違うか——、君の解釈は間違い。『赤いマント』事件と神社の殺人は何の関係もないんだよ」

架場は悪戯っぽく笑って、熱いコーヒーをまた吹きはじめた。

6

「ね、由紀ちゃん。彼氏は元気？」

店に入ったときからずっと下を向いたままでいた水島由紀は、希早子のその問いかけでそろりと目を上げた。

「あなたより年上の人でしょ。優しくしてくれる？」

「先生、何でそんな……」

「あの日——先週の土曜日ね、河原町で偶然、見かけたの。とても仲が良さそうだったね」

六月二十二日、水曜日。希早子が勤める学習塾の、高校一年生クラスの授業日だった。

由紀が出てくるかどうか少し心配だったのだが、彼女は遅刻することもなくやってきた。ただいつもと違って、授業中しきりに教壇の希早子の視線を気にしているのが分かった。

授業が終わると、由紀はすぐに席を立って帰ろうとしたのだが、それを希早子はすかさず呼び止めた。そして、大切な話があるから——と、なかば強引に近所の喫茶店まで引っぱってきたのだった。

「あの夜、あんな遅い時間に由紀ちゃん、あそこにいたから。だからね、ひどい彼氏だなあって、ちょっと思ったりしたの。夜道を一人で帰して心配じゃないのかな、家まで送ってくれなかったのかな、って」

由紀が何か云おうと口を開きかけたのを抑えて、

「分かってるよ」

と、希早子は云った。

「ちゃんと送ってくれたんでしょう？　ほんとはもっと早い時間に」

「先生……知ってるんやね、全部」

由紀はしおらしくまた目を伏せた。

「ごめんね。あたし……」

「あやまらなくてもいいよ。由紀ちゃんの気持ち、何となくわたしにも理解できるから」

柔らかにそう云って、希早子は少女に微笑《ほほえ》みかけた。

「でも、ご両親に隠してるのはやっぱり、あんまり良くないと思うな。二人の仲がどこまで進んでいるのかは別にしてね、こんな人とつきあってるの、くらいはいちおう知らせておかなきゃあ」

「あたし、心配なん」

思いつめたように表情を翳《かげ》らせて、由紀は云った。

「うちのお父さん、ユウくんのこと知ったら、きっと怒ると思うし。お父さんはK＊＊大の法学部卒で、すごい秀才やから……あ、ユウくんっていうのがね、彼の名前なんです。

ユウくんはね、夜間の高校に行って、働いてはるの。自動車の整備工場で。そやからお父さん、きっと怒るに決まってる。そやけどあたし、ユウくんが好きやし、尊敬もしてるし……でも、そんなん云《ゆ》うたらお父さん、あたしのことまで嫌いになるかもしれへんでしょ。あたし、お父さんも大好きやし、嫌われたくないし……」

「だから、あんな真似をしちゃったのね」

「――うん」

あの夜、由紀があのトイレで「赤いマント」の独り芝居を演じたのは、希早子が初めに考えたような理由による行動ではなかった。服を汚して返り血をごまかすため――ではなくて、彼女の狙《ねら》いはもっと他のところにあったのだ。

そのことを希早子は、架場のちょっとした助言のおかげで察知したのだった。

『惜しかったねえ。着眼点は良かったんだけれども、赤い塗料を〝血〟と結びつけた時点で、答えが違ってしまったんだよ。つまり——。

彼女がカムフラージュに利用したのは、〝赤〟という〝色〟ではなかった。赤い塗料によって作り出された〝森〟は〝色〟の森ではなくて……ねえ道沢さん、君も云ってたじゃない。すごいにおいだった、って』

そのとおりだった。

由紀が作ろうとしたのは〝におい〟の森だった。塗料が発する強い揮発臭——それを使って彼女は、知られてはいけない何らかの〝におい〟を隠そうとしたのだ。

そこでやっと、希早子は思い至ったのだ。

あの日、映画館から出たところで目の前を通り過ぎていった、由紀とその恋人らしき男。あのときに嗅《か》いだ男物のオーデコロンの、強い香り。——由紀が隠したかった〝におい〟はその移り香だったのではないか、と。

あの日のデートで恋人たちが、たとえばどこかのホテルにでも入って親密なひとときを過ごしたのかどうか、そこまでは希早子の関知するところではない。ただ、由紀があとになって相手のつけていたコロンの香りを過剰に意識してしまう、そんな行為があったのだろう——とは考えられる。

　男は由紀を家の近くまで送っていき、二人は別れた。時刻は十一時過ぎごろだろうか。多少門限に遅れても母親はべつに咎めはしないから……と思いながら家の門をくぐったところで、彼女は気がついたのだ。留守にしているはずの父親が、予定よりも早く出張から戻ってきていることに。

　いけない——と、由紀は思った。

　帰宅が遅いのを叱《しか》る叱らないはさておき、父はまず、久しぶりに会う愛娘《まなむすめ》をいつものように抱きしめるだろう。そのときにもしも、男物のコロンの香りに気づかれてしまったら……。

　仕事の関係上、父が化粧品のにおいには人一倍敏感であることを、由紀は知っていた。

　由紀は家に入るのをためらい、どうしたらいいのかと思い悩み……結果として何とも突拍子もない——しかし彼女にしてみれば切実な必要に迫られての——、ある対処法を考え出したのだった。

　すべてを「赤いマント」のせいにしてしまえばいい。

　その思いつきは、近ごろ友人たちのあいだで持ちきりになっている「赤いマント」

の噂に対して、おのずと強いリアリティを見出《みいだ》すようになっていた由紀にしてみれば、希早子などが感じるよりも遥《はる》かに大きな妥当性を持つものだったのだろう。少なくともそのときのその状況においては、それこそが最良の方策であるように、由紀には思えた。他の選択肢を検討する余裕などまるで持てない、ある種の強迫的な心理状態に追い込まれてしまったのだろう、とも想像できる。そして……。

「由紀ちゃん」

あれこれと細かな不明点を問いただすつもりは、希早子にはなかった。

「そのユウくんのこと、そんなに好き？　愛してる？」

由紀は黙って、けれども深く頷きを返した。

「だったらね、なおさらやっぱり、お父さんとお母さんにはちゃんと紹介したほうがいいと思うけどな。それだけ自信を持って頷けるんだったら、うじうじ悩む必要なんてないよ。学歴がどうのこうのなんて云ったら、それこそユウくんに対して失礼じゃない？　尊敬してるって云ったよね、彼のこと」

「そやけど、お父さんが……」

「分かってくれるかくれないかは、由紀ちゃんたち次第」

「そうなんかなぁ」

「案ずるより産むが易《やす》し、って云うでしょう。大丈夫。このあいだの『赤いマント』、すごかったし。あれだけ真に迫った演技をやってのける度胸があるんだから」

「あっ、あれは……ごめんね先生、ほんまに」

「それにしても参ったなあ、あの不気味な声色。きっちりわたし、騙《だま》されちゃったもんね。由紀ちゃん、本気で女優でもめざしてみたら？」

「そんな……まっさかぁ」

ようやく少女の顔に屈託のない笑みが戻りはじめたのを見ながら、希早子は胸中でひそかに「うらやましいな」と呟いていた。

「……あかーい、マントを、かぶせ、ましょうか」

あの夜のあの〝声〟を、由紀が冗談半分で再現してみせる。口もとだけで笑ってそれに応えるうち、ふと架場久茂の茫洋とした笑顔が心に浮かんできた。

(大学院、受けてみようかな)

何となく希早子は考えていた。

崩壊の前日

初出——『小説すばる』二〇〇〇年八月号

『眼球綺譚《がんきゆうきたん》』（一九九五年刊）所収の短編「バースデー・プレゼント」の姉妹編、のつもりで書いた。「バースデー・プレゼント」と同様、ホラー小説というよりも幻想小説的な色が濃い作品である。そのため、どこがどのようにつながる姉妹編なのか、については読み手の想像に委ねるところが大きい。

水蒸気で曇ったガラス窓を開けてみて、たいそう驚いた。四月も半《なか》ばを過ぎてもう桜も終わろうかという季節なのに、外では雪が降っているのだ。それも真冬にしかお目にかかれないような大雪が。

驚くと同時に、一面に広がる真っ白な雪景色には無条件に胸が弾《はず》んだ。年間を通じて決して降雪量の多い土地ではないので、単純に物珍しいのだった。

そう云《い》えば——と、わたしは思い出す。

わたしが生まれた二十二年前の四月にも、こんな季節外れの大雪が降ったらしい。異常気象は全国的に数日間続き、都市《まち》では浮浪者が幾人も凍死したという。

このまま外の風景を眺《なが》めていたい気持ちを抑え込んで、わたしは窓を閉める。春用の薄手のパジャマの下で、全身に鳥肌が立っていた。猛烈に寒い。室内なのに吐《は》く息が白い。

すごすごとベッドに戻った。毛布のぬくもりが悪魔的に心地好《ここちよ》くて、ふたたび眠りの浅瀬へ引き込まれそうになる。先ほど一時停止させた目覚まし時計の無粋《ぶすい》なベルの音が、そこでまた鳴りだした。——午前十一時半。

ああ、起きないと。彼女との待ち合わせに遅れてしまう。

わたしはベッドの上で腹這《はらば》いになり、枕に顎《あご》をのせて煙草《たばこ》に火を点《つ》ける。

白い煙と白い呼気が、独《ひと》り暮らしの部屋の乾いた薄暗さの中で絡み合う。あとまで残って不規則に揺らめきつづける煙の動きを、ひと吹かしごとに目で追っているうち、ゆうべ見た夢のことが気に懸かりはじめた。

……あれは。

あれは。あの夢は。

眠けの残る意識の下で、それを追想する。

珍しいことに、細部に至るまでしっかりと脳裡《のうり》に再現できる。ただし、言葉によってその内容を、微妙なニュアンスまで逃さぬように表現するのは難しそうだった。

初めての夢ではなかった。これまでに何度も同じ夢を見た経験があるように思う。

何度も何度も……数えきれないくらい何度も。

最初に見たのはいつだったろうか。ぼんやりと記憶にあるのは子供時代——小学校に入ったばかりのころだが。

憶《おぼ》えていないだけで、もっと以前にも見たことがあるのかもしれない。憶えていないだけで……ああ、ひょっとしたらそれは、わたしが生まれたときからずっと、毎日毎晩のように見つづけてきた夢なのかもしれない。憶えていないだけで、一昨夜もその前夜も、さらにその前の夜も、同じその夢を見たのかもしれない。

そんな想いにふと囚《とら》われる。

生まれてから今まで……八千何十何回めかの、同じ夢。

短くなった煙草を枕もとの灰皿で揉《も》み消し、わたしは思いきって毛布をはねのける。

存外にあっさりと眠けは退散したが、昨夜の夢の記憶のほうは執拗《しつよう》に頭にまといつき、なかなか離れようとしない。


〝世界〟は暗い紫色だった。

わたしが屈《かが》み込んでいる場所だけが、半径にしてたかだか二、三メートルの白茶けた地面。それ以外はすべてが、一片のむらもない暗く濃い紫色で塗《ぬ》り潰《つぶ》されている。

右も左も前も後ろも、そして頭上も。

その紫色は動いている。そう感じられる。

目に見えるわけではない。耳に聞こえるわけでもない。けれどそれは、絶え間のない動きを続けている。そう思える。

微妙な、複雑な、なおかつ非常に秩序立った動き。

目に見えなくても、耳に聞こえなくても、その動きそのものがひしひしとわたしの神経に伝わってくる。

そこにいるわたしは、年端《としは》も行かぬ子供の姿をしている（——と、これはその様子を外側から見ているわたしの認識）。白いだぶだぶのシャツを着ているが、それに隠されて下半身に何を穿《は》いているのかは分からない。男の子なのか女の子なのか、見かけだけではどちらとも判断がつかない。

紫色の空——そう呼んで良いのかどうか迷うところだが——の下で、子供の姿をしたわたしは独り、地面に屈み込んでいる。そうして淡々と同じ動作を繰り返している。

ささやかな広さの白茶けた地面は乾ききっていて、雑草の一本とて生《は》えていない。ただそこには、地面と同じ色をした石ころがたくさん転がっている。

わたしはその、何の変哲もない石ころを拾い集めている。

どれもほぼ同じ大きさ——赤ん坊の拳大《こぶしだい》くらいだろうか——の石ころ。汚れた小さな手でそれを拾い上げては、傍《かたわ》らに置いた茶色い紙袋の中に放り込む。

何の目的があってそんなことをしているのか、わたし自身にもまるで分かっていない。およそ子供らしからぬ、工場の流れ作業に従事する労働者のような無表情で、ひたすらに淡々と黙々と、その行為を続けている。

一歩また一歩、足を踏み出すごとに音を立てて沈む雪の感触が気持ち良かった。

次の冬まではもう着る機会がないだろう、と思っていた茶色い革のコートをクローゼットから引っぱり出してきて、アパートの部屋を出た。降りつづく雪の中を、傘も差さずに歩きはじめる。

何十メートルか進んだところで来た道を振り返ると、自分の足跡だけがひと筋、他にたくさんある足跡の群れから浮き出て見えた。アパートの出口から足もとまで点々と連なるそれらが、ここからさらに前へ進むことで新たに生まれる足跡と一緒になって、背中に覆《おお》いかぶさってきそうな気がする。

それで、少し足速になった。

駅までの道を歩くうち、何度か滑《すべ》って転びかけた。雪の冷たさは遠慮なく靴の内側にまで染《し》み込んでき、駅舎に着いたころにはもう足指の感覚が鈍《にぶ》くなっていた。

そろそろ正午が近い時間だというのに、雪はいっかな衰える気配もなく舞い落ちてくる。空を仰ぐと、薄い灰色の雲が天球を覆い尽くしており、弱々しい太陽の影がかろうじて南の一点に捉《とら》えられる。

白いプラットホームで電車を待った。

同じように電車を待つまばらな人影。誰もが皆、季節外れの冬服を身にまとい、心なしか肩を落としている。まるで宙を舞う雪の魔力によって生気を吸い取られてしまったかのように。

異様な静けさ、だった。

駅前の道を行き交う自動車の音――タイヤチェーンを装着しているものも少なくない――や裏通りで遊ぶ子供たちの声も、この静けさを構成する要素の一つとして感じられた。

かじかんだ両手を吐く息で暖めてから、わたしはホームのきわの鉄柵《てっさく》上に積もった雪を掬《すく》い取り、丸めて雪玉を作ってみた。

遠くで踏切《ふみきり》の警報機が鳴りだす。何秒もしないうちに次の踏切で、続いて駅のすぐそばの踏切で、同じ色の甲高《かんだか》い音が……ああ、電車が来る。

固めた雪玉を、鉄柵の向こうの空き地に向かって放り投げる。

真っ白な地面の上をそれは音もなく転がっていき、まもなく溶け込むようにして見えなくなった。

拾い集めた石ころで、やがて傍らの紙袋がいっぱいになる。

わたしはすると、一瞬のためらいもなく次の行動に移る。今度は袋の中から、いま拾ったばかりの石ころを一つずつ取り出し、それを投げ捨てはじめるのだ。

投げる方向はまったくばらばらだが、少なくとも自分の足もとに広がる白茶けた地面からは外へ出るように放る。従って石ころはすべて、わたしを取り巻いた紫色のどこかに吸い込まれていく。

「吸い込まれる」と云っても、その吸い込まれ方はさまざまだった。

からんからんと小気味の良い音を立てて転がっていったあげくに見えなくなるものもあれば、何の手応《てごた》えもなくすーっと呑《の》み込まれてしまうものもある。中にはごく稀《まれ》だが、いったん紫色の彼方《かなた》へ消えてしまったのち、何かにぶつかってこちらへ跳ね返ってきたりするものもある。

袋の中身がなくなってしまうまで、わたしは石ころを四方八方へ投げ捨てつづける。そしてそれが終わるとまた、先ほどまでと同じ石ころ集めの作業に立ち戻るのだ。

まるで意味のない（ように見える）行為の反復だった。

しかしながらその無意味さ、莫迦莫迦《ばかばか》しさは、年端も行かぬ子供の姿をしたわたしの心中では、さしたる疑問や不安を差し挟む余地のないものとして処理されている。そこにいるわたしは何も考えていない（のかもしれない）。目的は何かということなどどうでも良い（のかもしれない）。ただ単に、あるいは純粋に、意味のない（ように見える）その行為を続けているのだった。

地面から石ころを拾い集める。投げ捨てる。拾い集める。投げ捨てる。……繰り返しは傷の付いたアナログのレコード盤にも似て、そのまま果てしなく続くかに思える。地面に転がっている石ころの数も、いつまで経《た》ってもぜんぜん減る様子がない。

電車を降り、白く染まった街並みをぼんやりと眺めながら十数分の道のりを歩き……大学の構内に辿《たど》り着いたときにはもう、雪はやんでいた。

この古い大学のキャンパスは、今ごろの季節には特に、普段にも増して埃《ほこり》っぽく薄汚い印象が強くなる。それがきょうは、ときならぬ純白の雪化粧のおかげで見違えるような美景に変じていた。

土曜日の午後ということもあり、構内をうろうろしている学生や職員の姿はあまり多くない。いつもは小動物がひしめくように並んでいる自転車やバイクも、この異常な降雪のせいだろうか、きょうは数えるほどしかない。

グラウンドの裏手に延びた小道を、わたしはゆっくりと進んだ。すでに付いている他人の足跡をよけ、なるべく新しい雪面を選んで踏みしめるようにして歩く。

戯《たわむ》れに、道沿いに植えられた小ぶりな桜の木の枝を、コートのポケットから引っぱり出した右手で小突いてみた。ばらばらっと雪のかたまりが落ちてくる。中には凍《こお》った桜の花びらも混じっているかもしれない。――期待したとおりの反応だったが、すぐにそんな自分の行為自体が気恥ずかしくなってしまい、わたしは意識的に歩みを速める。

彼女との約束は午後一時だった。

ふたたびコートのポケットに潜り込ませて握りしめた右の拳の内側に、わずかに脂汗が滲《にじ》んでいる。露出した頰《ほお》に感じる風の冷たさが、何となくその瞬間、どこか別世界のものであるように思えた。

しばらく進むと前方に、古びた三階建ての学舎が見えてくる。いろいろなサークルの新入生勧誘のビラが、壁のあちこちにべたべたと貼《は》られている。長い年月のあいだにすっかり汚れて黒ずんだコンクリートの肌。周囲の雪景色に対する、それはさながら影のようだった。

学舎のそばを通り過ぎるとき、きっと気のせいに違いないのだけれども、どこか近くで何かが、きしりと嫌な音を立てた。汚れた建物の壁の、その全体が今にもジグソウパズルの破片に罅割《ひびわ》れ、ぼろぼろと剝《は》がれ落ちてきそうな予感に囚われてしまって、わたしはさらに歩みを速める。

そうしてやがて、わたしは彼女との待ち合わせ場所に到着する。大学付属図書館の、かなり年季が入った赤煉瓦《あかれんが》の建物。

ポケットの中の右拳に滲んだ汗がそのとき、妙に粘《ねば》ついて感じられた。さっきから次第に量が増えてきているようにも思える。

何だろうか、と気になった。

何だかこれは、まるで……。

ポケットから手を出して確かめてみれば良い。それだけのことだ。――そう考えが定まる前に、わたしは図書館の建物に足を踏み入れていた。

約束の時間にはまだ少し早かったが、彼女はすでにロビーにいた。わたしの姿を見つけると、嬉《うれ》しそうに手を振りながら駆け寄ってくる。

「やあ。待った？」

わたしが訊《き》くと、

「さっき来たところよ、わたしも」

そう答えて彼女は、黒眼《くろめ》がちの大きな目を愛嬌《あいきょう》たっぷりに動かした。彼女はこの大学の文学部の学生で、今年のクリスマス・イヴには二十歳の誕生日を迎える、わたしと同じサークルの後輩だった。そして、そう、彼女の名は由伊《ゆい》という。

「凄《すご》い雪ねえ。朝起きてびっくりしちゃった。何で今ごろこんな雪が降るかなぁ」

白いダッフルコートのポケットから、彼女は手袋を取り出す。水色の毛糸の手袋。肩からは同じ色の長いマフラーが垂れ下がっている。

わたしたちは外へ出た。

「傘は？　持ってきてないの？」

「――うん」

「さっきまで降ってたでしょ、だいぶ強く」

「すぐ小降りになるだろうと思って。いや、それよりも……」

「なあに？」

「ちょっとぼんやりしてたっていうのがあるかな。起きてすぐに飛び出してきたから」

「ゆうべは遅かったの？」

「――うん。このところ生活サイクルがすっかり狂っちゃってて」

「だめよ。あんまり不摂生ばっかりしてちゃあ」

「――うん」

しばらく並んで歩くうちに、彼女は手袋を嵌《は》めた右手をわたしの左腕に添えた。わたしは相変わらず両手をコートのポケットに潜り込ませたままだったが、握りしめた右拳の内側にそのとき、先ほどまでの脂汗とは明らかに質の異なる感触があることに気づいた。何かしら冷たい、無機的な……。

……何だ、これは。

ポケットから右手を引き出してみる。重い。何かが中にあるのだ。

そろそろと指を開いてみて、わたしは息を呑んだ。

赤ん坊の拳くらいの大きさの白茶けた石ころが、そこにはあった。


石ころを拾い集めては投げ捨てる。

意味のない（ように見える）繰り返しを、わたしは疲労の色一つ浮かべることなくえんえんと続けた。ところが……。

何回め――いや、何十、何百回めのときだろうか。爪《つめ》のあいだが真っ黒になってしまった小さな手で、わたしは袋の中に残っていた石ころの最後の一個——延べにしたら何百、何千個めか——を握り、正面に広がる紫色の空間に向かって力いっぱい放り投げた。そうしてまた、石ころ集めの作業に戻ろうと地面に屈み込んだ、その瞬間だった。〝異変〟が起こったのだ。

機械の摩擦音とも動物の叫び声ともつかぬような、異様な〝音〟が、とつぜん渦巻き状に轟《とどろ》いた。と思うまに、全身に降りかかる途方もない〝圧力〟。わたしが屈み込んでいた白茶けた地面は瞬時にしてそこから消え失《う》せ、すべてが紫に——それまでよりさらに暗くて濃い紫色に呑み込まれてしまう。

いったい何が起こったのか。

考えるいとまもまるでないまま、わたしの肉体はわたしの意思とは関係なく、仰向けの状態で宙に浮き上がる。その間にも紫色はいっそう暗さと濃さを増していき、やがては黒と区別がつかないほどになってしまう。——が。

わたしにはもはや、目に映るものを像として捉えることができない。〝色〟や〝形〟という情報を視覚的に認知することがまったくできなくて、全身に押し寄せる〝圧力〟そのものに、何某《なにがし》かの色彩的・形状的イメージを感じ取るようになっている。途方もない〝圧力〟は、なおも嵐《あらし》となって吹き荒れる。衰えるどころか、加速度的にその強さを増しつつ。まるでわたしの肉体を徹底的に圧《お》し縮め、変形させ、最終的には消滅に至らしめようとでもいうように。

恐怖に近似した激情がわたしを襲う。

狂ってしまったのだ。

秩序が崩れ去ってしまったのだ。

何かが壊れて……いや、何かが壊された。しかも——。

それを壊したのはきっと、そうだ、わたしが放り投げたあの最後の石ころだったに違いないのだ。


思わず立ち止まってしまった。

「どうしたの、変な顔して」

と、彼女が訝《いぶか》しげに尋《たず》ねる。

「あ、いや。べつに何でも……」

わたしは戸惑《とまど》いを隠しきれず、彼女の視線から目をそらす。そして、右手の石ころをそっと小道の外へ投げ捨てた。雪に埋もれて、すぐにそれは見えなくなった。

「どこかおかしくない？　きょう」

「そうかな」

「元気、ないみたいだけど」

「元気だよ」

なかばうわの空で応えていた。

彼女が手を添えたわたしの左腕——コートのポケットに突っ込んだその拳の内側にも、いつのまにか冷たく無機的な感触があった。何気ないふうを装って歩きだしながら、わたしはふたたび右手をポケットに潜り込ませる。

「ねえ、いま何を投げたの」

彼女がまた訝しげに尋ねる。

「ただの石ころ」

わたしは素《そ》っ気《け》なく答える。——そう。あれはただの石ころだ。ただの……。

わたしたちが行く小道の左側には、足跡一つない真っ白なグラウンドが広がっている。突き当たりに連なるブロック塀を境界にして、汚れた画用紙を貼り付けたような、のっぺりとした灰色の空がある。

「雪、もう降らないのかなあ」

と、彼女が云った。寒さで頬がすっかり赤く染まっている。

「どうせだったらあと二、三日、こんな雪景色が続くのも悪くないよね」

「――うん」

ポケットの中の右手にまた、新たな異物が生まれていた。手を出して指を開くと、そこには赤ん坊の拳くらいの大きさの白茶けた石ころがあった。

思わず立ち止まってしまった。

「どうしたの、変な顔して」

と、彼女が訝しげに尋ねる。

「あ、いや。べつに何でも……」

わたしは戸惑いを隠しきれず、彼女の視線から目をそらす。そして、右手の石ころをさっきよりも力を込めて遠くへ放り投げた。金網を越えてそれはグラウンドに飛び込み、真っ白な地面にぽそりと砂色の点を作った。

「どこかおかしくない？　きょう」

「そうかな」

「元気、ないみたいだけど」

「元気だよ」

なかばうわの空で応えていた。

何気ないふうを装って歩きだしながら、わたしはまた右手をポケットに潜り込ませる。

「ねえ、いま何を投げたの」

「ただの石ころ」

「ううん。そうじゃないと思うけど」

「——えっ？」

小首を傾《かし》げるわたしのほうを見て、彼女はその艶《つや》やかな唇《くちびる》に、はっとするような妖《あや》しい笑みを浮かべる。

「今のはあなたの、たぶん左の鎖骨ね」

ポケットの中の右手に、何かしら冷たい、無機的な感触があった。手を出してみる。重い。指を開くとそこには、赤ん坊の拳くらいの大きさの白茶けた石ころがあった。

思わず立ち止まってしまった。

「どうしたの、変な顔して」

と、彼女が訝しげに尋ねる。

「あ、いや。べつに何でも……」

わたしは戸惑いを隠しきれず、彼女の視線から目をそらす。そして、右手の石ころを前方に強く放り投げた。道沿いに植えられた小ぶりな桜の木の枝にそれは命中し、ひとかたまりの雪とともに落下して消えた。

「どこかおかしくない？　きょう」

「そうかな」

「元気、ないみたいだけど」

「元気だよ」

なかばうわの空で応えていた。

何気ないふうを装って歩きだしながら、わたしはまた右手をポケットに潜り込ませる。

「ねえ、いま何を投げたの」

「ただの石ころ」

「ううん。そうじゃないと思うけど」

「──えっ？」

小首を傾げるわたしのほうを見て、彼女はその艶やかな唇に、はっとするような妖しい笑みを浮かべる。

「今のはあなたの、たぶん右の眼球ね」

ポケットの中の右手にまた、新たな異物が生まれていた。手を出して指を開くと、赤ん坊の拳くらいの大きさの白茶けた石ころがあった。

思わず立ち止まってしまった。

「どうしたの、変な顔して」

と、彼女が訝しげに尋ねる。

「あ、いや。べつに何でも……」

わたしは戸惑いを隠しきれず、彼女の視線から目をそらす。そして、右手の石ころを小道の外へ高く放り投げる。学舎の黒ずんだコンクリートの壁に当たってそれは跳ね返ってき、わたしの足もとに埋もれた。

「どこかおかしくない？　きょう」

「そうかな」

「元気、ないみたいだけど」

「元気だよ」

なかばうわの空で応えていた。

何気ないふうを装って歩きだしながら、わたしはまた右手をポケットに潜り込ませる。

「ねえ、いま何を投げたの」

「ただの石ころ」

「ううん。そうじゃないと思うけど」

「――えっ？」

小首を傾げるわたしのほうを見て、彼女はその艶やかな唇に、はっとするような妖しい笑みを浮かべる。

「今のはあなたの、たぶん左の腎臓《じんぞう》……」

わたしはすでに肉体と呼べるものを失ってしまっている。視覚、聴覚、嗅覚《きゅうかく》、味覚、触覚――五感と呼ばれる当たり前な知覚も失ってしまっている。

そんなわたしを包み込んだ空間は、やがて何やら生き物がのたうちまわるような激しい運動を始める。上に下に、左右に斜めに、さらにはわたしの三次元感覚ではとうてい認識できないような、ありとあらゆる方向へと大きく揺動する。まるでそれは、そう、断末魔《だんまつま》の苦悶《くもん》のようだった。

なすすべもなくわたしは、いまだ自分の意識の上ではそこにある両手で両足を、小さく背を丸めて抱《かか》え込もうとする。羊水に浮かぶ胎児の姿勢さながらに。

だがしかし、その一方で――。

わたしの意識それ自体は、逆に今、急激な膨張（あるいは拡散だろうか）を始めようとしているのだった。

わたしは広がっていく。

果てしもなく広がっていく。

狂ってしまった、秩序が崩れ去ってしまった、壊れてしまった、壊されてしまった……それは今、そのあるべき姿をどうにかして取り戻そうと、このように喘《あえ》ぎ苦しんでいるのかもしれない。ならばわたしは知らねばならない。その様子を、そのありのままを、なるべく直截《ちょくさい》にこの意識で感じ取らねばならない。だから……。

増殖する細胞のように次々と生まれてくる手の中の石ころを、わたしは四方八方に投げ捨てつづける。真っ白なグラウンドに砂色の斑点《はんてん》模様が刻まれ、学舎の窓ガラスが割れ、凍りついた桜の花びらが砕《くだ》け落ちる。背後で誰かの叫び声が上がる。彼女の顔面から鮮やかな血飛沫《ちしぶき》が噴《ふ》き出る。なおも新しい石ころは手の中にある。ある限りわたしはそれを投げ捨てつづける。

……どこまで広がっていっても、感じ取れるものは何もなかった。

何の〝形〟も何の〝色〟も、何の〝音〟も〝臭《にお》い〟も……気配すらもない。ひたすらに何もない、暗黒の空間……いや、「暗黒の」という形容ももはやそこには当て嵌《は》まらず、「空間」という概念すらもはやそこには存在しないのかもしれなかった。

どこまで行っても何もない。

すべてはもう終わってしまっていた。

ただ一つ、確かにここにある（はずの）わたしの意識（とわたしが認識していること、そのもの）は、そして、どうしようもない罪悪感に責めさいなまれつつ、今度は急激な収縮を始めるのだった。

わたしは縮んでいく。

果てしもなく縮んでいく。

もとの〝場所〟、もとの〝大きさ〟と〝密度〟まで戻っても収縮は止まることなく続き……やがて、この意識そのものがついに体積を持たぬ一個の〝点〟となる瞬間が訪れる。

わたしはそこで否応《いやおう》なく知ってしまうことになる。一つの終焉《しゅうえん》と一つの誕生、その単純で残酷な因果《いんが》の意味を。

　上空に広がる雲に裂け目ができ、黄色い太陽が遠慮がちに下界を覗《のぞ》き込んでいた。

　次々と新たな石ころが生まれ出てくる右手とは別に、同じコートのポケットに突っ込んで握りしめたままでいる左の拳の内側にも、先ほどからずっと、何かしら冷たい、無機的な感触があった。

　腕に添えられていた彼女の手をやんわり振り払って、わたしはそろりとその左手をポケットから引き出す。指を開くとそこにはやはり、赤ん坊の拳くらいの大きさの白茶けた石ころがあった。

　思わず立ち止まってしまった。

「どうしたの、変な顔して」

　と、彼女が訝しげに尋ねる。その頬は、額《ひたい》の傷から流れ出る幾筋もの血にまみれ、すっかり赤く染まっている。

「あ、いや。べつに何でも……」

　戸惑いを隠しきれずにそう言葉を濁《にご》したところで、わたしはふと思いついて、左手の石ころを彼女に示した。

「これは」

思いきって訊いてみた。

「これは僕の、何？」

「ああ、それはね」

彼女はわたしのほうを見て、血まみれの顔の血まみれの唇に、はっとするような妖しい笑みを浮かべる。

「それはあなたの、たぶん……」

静かに答えを述べる彼女は——彼女の名は、そうだ、由伊という。二十二年前のこの季節、わたしを産み落とした直後にこの世を去った母と同じ名の……ああ、どうしてこんなことをここで、今さらのように思い出さねばならないのだろうか。

左手の石ころを右手に持ち替えると、わたしはそれを雲の裂け目に向かって渾身《こんしん》の力で投げ上げる。石ころは重力の呪縛《じゅばく》を振り切って高く高く舞い上がり、やがて灰色の空の彼方に消えた。

「どこかおかしくない？　きょう」

「そうかな」

「元気、ないみたいだけど」

「元気だよ」

なかばうわの空で応えた。――そのとき。

何やら小気味の良い透きとおった音が、それでいて不穏な胸騒ぎを煽《あお》るような嫌らしい響きを含んだ音が、どこか遠くからかすかに聞こえてきたのだ。

とっさに天を振り仰《あお》いでみて、わたしは気づいた。雲の裂け目に覗いていた太陽が今、粉々に砕け散ってしまっていることに。

「……あっ、降ってきたぁ」

掌《てのひら》を上に向けて両腕を広げながら、血まみれの由伊が無邪気にはしゃいだ。

ちらほらとまた、寒空から舞い落ちてくるものがある。それは今さっき砕け散った黄色い太陽のかけらだったが、わたしの目にはどうしても、汚れた赤黒い血を滴《したた》らせた無惨な肉片のようにしか見えなかった。

洗礼

初出——『ジャーロ』二〇〇六年秋号、二〇〇七年冬号

『どんどん橋、落ちた』（一九九九年刊）にまとめた「僕＝綾辻行人」を語り手とする本格ミステリ（の変化球）の連作は、第五話の「意外な犯人」をもって打ち止め、のつもりだった。その誓いを破って書いた——書かざるをえなかったのが、この中編である。そうなってしまった背景には、作中で語られているとおりの〝現実〟があった。

　このところ僕は、死にかけのカブトムシのように動きが鈍《にぶ》い。肉体《からだ》だけじゃなくて精神《こころ》の働きまでが、嫌になるほど……と、こんなふうに書いてしまいたくなるような、今のこれと同じような状態を、過去にも僕は経験したことがある。そんな記憶が、ある。

　脳味噌《のうみそ》の血管には、赤い色付きの甘ったるい砂糖水がとろとろと流れている。あちこちの筋肉はいつのまにかずっくり水気を含んだスポンジで、腕や足は脆弱《ぜいじゃく》な針金細工で……と、そう——そうだ、あのときも僕は、まったくこれと同じ状態だったように思う。思うのだけれど、はて、いったいあれはいつのことだったろうか。

　記憶を探り出そうとしてみるが、なかなかすんなりとは叶《かな》わない。それこそ、精神の働きが死にかけのカブトムシのように鈍くなってしまっていて、そのせいで……。

　……一九九八年の。

　不意に、ゆらりと浮かび上がってくる言葉のかけら。僕はのろのろとそれを摑《つか》み取る。

　一九九八年の、十二月の。

あまり嬉《うれ》しくもない三十八歳の誕生日を迎えた、その夜に……。

……ああ、そうか。

その夜、確かに僕は今と同じようなこんな状態で、そこへ突然、久しぶりにあの小憎らしい青年——U君がバイクに乗って訪ねてきて……。

……そう。そうだった。

もう七年半以上も前の話になる。すんなりと思い出せないのも、だから仕方ないのだろう。

もともとあまり記憶力の優れた人間ではなかったのが、四十歳を過ぎたころからこっち、いよいよその度合が強くなってきている自覚があった。若年性の認知症を真面目《まじめ》に心配して、病院で脳の検査を受けてみたこともあるけれど、結果はとりたてて異常なし。年を取るとまあ、誰だって多かれ少なかれこんなものか、と云《い》い聞かせて納得するしかない。——にしても。

死にかけのカブトムシのように……というこの状態は、やはりどうにもよろしくないのである。

何とかしたほうがいい、何とかならないものか、何とかしなければ……と思えば思うほどに、いっそう心身の動きが鈍くなっていく感じがして焦る。焦りは苛立《いらだ》ちに、苛立ちは憂鬱《ゆううつ》に転化し、気がつくと意味もなく溜息《ためいき》ばかりついてしまっていて……。

そんな、決して進んで人に話したくはないような日々がしばらく続いていた、それは二〇〇六年の夏——八月三日の出来事だった。

＊

何だかんだと弱音を吐《は》きながらも、この数年の自分の仕事を振り返ってみるにつけ、「なかなかよくやってきたじゃないか」という気はするのである。

世紀をまたがっての長丁場となってしまった件《くだん》の大長編を、ようやく満足のいく形で完成させることのできたのが、二年前の秋。デビュー以来ずっとお世話になってきた元K談社の編集者U山《うやま》さん（去年の春に定年退職されたのだ）との約束を果たすべく、この三月には彼が立ち上げた〈ミステリーランド〉という叢書《そうしょ》で新作を上梓《じょうし》することもできた。それと並行して進めてきた、佐々木倫子《ささきのりこ》さんとの合作ミステリ漫画の連載も終了して、先ごろその単行本の「下巻」も無事に刊行されたし……。

何だかいろいろな意味で「ひと区切りついたな」という感じの、この年の前半だったのである。それなりの達成感ももちろんあったし、その勢いで六月から、K川書店の某月刊小説誌で新たな長編の連載を開始したところでもあった。

一方、僕自身のこういった状況とはまるで関係なしに、この年の前半には何らかの「ひと区切り」を思わせる事態が、いくつかの局面で発生してもいた。

たとえば、そう、長らく「新本格」の砦《とりで》であったと評しても過言ではない、K談社のミステリ雑誌『M』の休刊（来年にはリニューアルして復活する予定だというが）。東野圭吾《ひがしのけいご》さんの某作品を巡っての、局地的な一連の論争。笠井潔《かさいきよし》さんが近年しきりに声を上げつづけている、いわゆる「脱格系↓ジャンルX」にまつわる問題。そのあたりに端《たん》を発して囁《ささや》かれだした「本格ミステリ危機の年」だの、「〈第三の波〉の終焉《しゅうえん》」だの……なぜかしらここに至って、本格ミステリ界（なんていう呼び方も「何だかなあ」と抵抗を感じるのだが）に、妙に不穏な空気が流れはじめている。それはやはり事実だろう。

しかし正直云って、そういったあれこれも今の僕には、べつにどうだっていいように思えてしまうのだった。

どんな「危機」が降りかかろうが、本格ミステリは滅びたりしない（そう云えば前世紀末には、「セルダン危機」とか「カンブリア紀」とかの言葉が飛び交っていたな）。〈第三の波〉が終わっても、本格の流れは残る。たとえ将来、〈本格ミステリ作家クラブ〉が解体するようなことがあったとしても、本格を書く作家は消えやしない。それで全然ＯＫ……でしょ？　――そもそもが僕は、ほぼ一貫してそんなスタンスを取ってきたのだ。加えて、そう――。

いかんせん、このところの僕は死にかけのカブトムシなのである。

とてもではないけれど、眉間《みけん》に皺《しわ》を寄せてその辺の諸問題を考えたり、論じたりする気にならない。無理に考えようとすると精神が過負荷の悲鳴を上げて、そうなるともう、そもそもの自分のスタンスすらどうでも良く思えてきてしまうのだから、これは困りものである。

いったい何で、よりによって今、こんな状態に陥《おちい》ってしまったのだろう。自分自身の「ひと区切り」がついて、本来ならばむしろ普段よりもハイテンションであって然《しか》るべき、今のこの時期に……。

「……ふぅ」

気がつくとまた、短い溜息が出ていた。どんよりとした気分で、今度は意識的に長々と息をつきながら両の瞼《まぶた》を閉じると、脳裡《のうり》にふと浮かんできた光景が。

死にかけの――いや、あれはもうとっくに死んでしまっているのかもしれない、大きな甲虫《こうちゅう》。それにわらわらと群がる、無数の赤い蟻《あり》の群れ。

何だ？　何で……こんな？

強い当惑を覚えるのと同時に、心のどこかで、かすかな声が響いた。

――忘れたのかい？

――忘れてしまったのかい？

忘れている？　ああ……そうなのかもしれない。この数年で僕はいよいよ記憶力が衰えてきていて、だから、仮にそれが何かとても大事なことだったとしても、もうすっかり……。

――違う。違うよ。

声が、さらに響いた。

――そういう問題じゃないはずだろう？

＊

玄関のチャイムが鳴って、僕はぐったりと腰を沈めていたリビングのソファから立ち上がった。ついでに壁の時計を見ると、午後八時前。――おや、まだこの時間なのか。何だかもう、とうに真夜中を過ぎているような気分でいたのである。

モニターカメラ付きのインターフォンで、応答に出た。――のだが、モニター画面に映る人影はなく、スピーカーから聞こえてくる声もない。

「はい。どなたですか」

と、こちらから問いかけてみても、何も返事はなかった。

誰かが間違って鳴らしたのか。それとも、応答に出るのが遅すぎたのだろうか。

様子を見にいくことにした。

門の外まで出てざっと付近を見渡してみたのだが、何者の姿もなかった。

ただ、今さっき誰かがここに来たのは確からしい。その誰かが置いていったとおぼしき品が、門の前に残されていたのである。

大判の茶封筒、だった。

住所も宛名《あてな》も記されていない。当然、切手も貼《は》られていない。郵便配達ではなく、誰かがみずからの手で置いていったものであることに間違いはなさそうだが、それにしてもなぜ？　そして、この中身は何なのだろう。

まさか、何か危険物でも？　という疑いを抱いたのは一瞬だけで――。

僕は封筒を拾い上げると、その場で中身を確かめてみた。

入っていたのはまず、一通の手紙だった。

白い縦書きの便箋《びんせん》に鉛筆書きで。お世辞にも形が良いとは云えない、カクカクとした特徴的な文字で。

見憶《みおぼ》えのある筆跡だった。いつ、どこでこの字を？　と首を捻《ひね》りつつ、手紙の末尾に「Uより」とあるのを目に留めるなり、

「ははあ、U君かぁ。すごく久しぶりだなあ」

大いに意表を衝《つ》かれて、僕は呟《つぶや》いた。七年半と少し前のあの真冬の夜、いきなり仕事場を訪ねてきた例の青年の顔が、ぼんやりと脳裡に滲《にじ》み出してきた。

「ここまで来たんだったら、ちょっと寄っていけばいいのに……」

綾辻さんへ

懐《なつ》かしいものが出てきました。

お嫌かもしれないとも思いつつ、お届けすることにします。もしかしたらすっかり忘れておられる可能性も、なきにしもあらず、ですが。それならそれで致し方ないのですが。

でもまあ、せっかくですから……。

今このタイミングでこれが、というのにも、おそらく何か意味があるのでしょう。世の偶然とは、概してそういうものですからね。

Uより

封筒の中には、この手紙の他に一冊のノートが入っていた。

何十枚かの原稿用紙を綴《と》じて製本したもので、表紙には黒いインクで「洗礼」と大書されている。手紙の文字とは趣《おもむき》の違う、わりあいに達筆の楷書《かいしょ》だった。

「ううむ。これは……」

首を傾《かし》げながら僕は、何年も昔の記憶をのろのろと手繰《たぐ》り寄せる。

これは、いつだったかと同じように、U君が僕に〝挑戦〟するために書いてきた〝犯人当て小説〟の原稿なのだろうか。――いや。添えられた手紙の文面から察するに、何だかそういう話でもなさそうだが。では、いったいこれは……？

今夜もたぶん彼は、過去何回かと同じようにバイクでやってきたのだろう。クリーム色に緑のストライプが入った、いつものヘルメットをかぶって。この季節だからきっと、お馴染《なじ》みの分厚い革ジャンパーを着て、というわけにはいかなかっただろうけれど……ああ、しかしそれにしても――。

この届け物だけを置いてさっさと帰ってしまうとは、何と云うのだろうか、僕の知っている彼——U君らしくないな。
そんな気が、ふとした。

＊

リビングのソファに戻ると、僕は封筒からノートを取り出し、とりあえずその最初のページを開いてみた。

少し黄ばんだ原稿用紙に、少し色褪《いろあ》せた黒いインクで——。

一行目と二行目にまたがって、大ぶりな文字で「洗礼」というタイトルが。そしてその次の行の下のほうには、四文字の作者名が記されている——のだが、なぜかそこだけインクがひどく滲んでしまっていて、何と書いてあるのか、まったく読み取れない。活字で表わすとしたら、たとえば「■■■■」とでもするしかないだろう。

洗礼

■■■■

「『洗礼』――ねえ」

呟いて、今さらながらに眉《まゆ》をひそめる。

云うまでもなくこれは、僕が昔から「心の師」と仰《あお》ぎつづける楳図《うめず》かずお先生の、かの大傑作と同じタイトルである。何とも大胆不敵と云うか、畏《おそ》れ多いと云うか……。

本文に目を進めると、こんな書きだしでその小説は始まっていた。


一九七九年の、十二月十日。

その日はぼくにとって、生涯忘れられそうにない苦難の日となった。


一九七九年と云えば、今から遥《はる》か二十七年前。ちょうど僕が大学に入った年だが。十二月十日という、よりによってまたそんな意味深な日に、いったい「ぼく」はどんな「苦難」を経験したというのか。

――と、とっさにそのような感想を抱いたくらいだから、この「洗礼」という作品の内容を、少なくとも現時点では僕は知らないわけである。傍点を振ったような条件句をわざわざ付けたのは、「もともとは知っていたのだが今は忘れている」という可能性も否定できないからだ。——そうだ。

前回、U君が来たときに観せられた「意外な犯人」というTVドラマのビデオ……つい先刻まではほとんど忘れかけていた一九九八年十二月のあの夜の出来事が、ここに来て生々しく蘇《よみがえ》ってきつつあった。——まったくもって胡乱《うろん》な話だけれど、確かにそう、「世の偶然とは、概してそういうもの」なのかもしれない。

＊　＊　＊

洗礼

■■■■

一九七九年の、十二月十日。

その日はぼくにとって、生涯忘れられそうにない苦難の日となった。

とにもかくにも、それがまったくの初体験だったから――。

用意してきた「登場人物一覧」と「現場見取り図」のコピーを、集まった面々に配りながら、ぼくは当然のこと、激しく緊張していた。

「K大学推理《ミステリ》小説研究会、第六十七回犯人当て」――それを今から、ここで始めようとしているのである。

教養部の教室を借りて開かれる毎週月曜の例会のうち、だいたい月に一回のペースでこの〝犯人当て〟が行なわれる。会員が持ちまわりで〝問題〟を作ってきて、その場で朗読して、解決篇手前の〝挑戦〟に参加者が挑む――という、まあ云ってみればミステリ愛好者の伝統的な〝お遊び《ゲーム》〟なのだが、ぼくのような今年入会したての一回生にも、問題作りの順番がまわってくる。まわってきた以上、拒否するわけにはいかない。何が何でも一本書いて、務めを果たさなければならない。これはこの研究会の、創設以来の厳しい掟《おきて》なのだった。

コピーが皆の手もとに行き渡ると、ぼくは教壇の端っこに椅子《いす》を運んでいって坐《すわ》り、わざとらしい咳払《せきばら》いを一つする。鞄《かばん》から何十枚かの原稿用紙を取り出し、膝《ひざ》の上に置く。

そうして改めて、教室に集まった会員たちの顔を見渡してみた。全部で十二人いる。こちらの緊張をよそに、がやがやと歓談が続いている。ミステリは子供のころから大好きだし（だから大学入学と同時にこの研究会にも入ったわけだし）、このようなゲームに参加するのも楽しくてたまらないのだが、いざ自分が出題者の側に立たされるとなると、話はおのずと違ってくる。

とにかくもう、初体験なのである。

凄《すさ》まじいプレッシャー、なのである。

さっきから明らかに心搏《しんぱく》が速くなってきている。気のせいか少し胃も痛い。昨夜遅くまで四苦八苦して、やっと書き上げてきたこの原稿だけれど、果たしてこの程度の〝問題〟が、ここにいるミステリ研の〝鬼〟たちに通用するものかどうか。大いに不安だったし、ある意味、恐怖でさえあった。

できれば今からでも、「ごめんなさい」と云って逃げ帰ってしまいたい。——そんな衝動をどうにか抑え込んで、

「それでは」

と、ぼくは口を開いた。

「そろそろ始めたいと思います。よろしいですか」

ざわついていた空気がぴたっと静まり、一同の注目がいっせいに集まる。
深い呼吸を繰り返して気を鎮《しず》めつつ、ぼくはゆっくりと原稿を読みはじめた。

YZの悲劇

【登場人物一覧】

ハロウィン我猛《がもう》（＝我猛大吾《だいご》）……ロックバンド〈Yellow Zombies《イエローゾンビ》〉のメンバー
ヴォーカル担当　語り手＝「おれ」
フューリー大友《おおとも》（＝大友英介《えいすけ》）……同　ギター担当
センチネル咲子《さきこ》（＝河田《かわた》咲子）……同　ベース担当
マニトウ高松《たかまつ》（＝高松翔太《しょうた》）……同　ドラムス担当

デアボリカ関谷《せきや》（＝関谷究作《きゅうさく》）……同　キーボード担当
ローズマリー西《にし》（＝西あやみ）……〈Yellow Zombies〉のマネージャー
池垣勇気《いけがきゆうき》……未来酒場〈ファントム〉の店員
美川宮子《よしかわみやこ》……同
仲田虫雄《なかたむしお》……〈ファントム〉の客
若原清司《わかはらきよし》……同
古地《ふるち》……事件担当の警部

1

「こんにちは、〈Yellow Zombies《イエローゾンビ》〉です」

芸のない挨拶《あいさつ》だとは思ったが、他に言葉が出てこなかった。

オープニングはもちろん、ジョージ・A・ロメロの『ゾンビ』から。そのメインテーマ（by ゴブリン）を大胆にリアレンジしたインストゥルメンタルなのだが、いきなりこれがひどい出来で――。

ふてくされたギターのフューリー大友《おおとも》が、いつもの癖《くせ》で勝手な速弾《はやび》きをやっている。あぁもう、だからそれはやめろって云ってるだろうが。

「おいおい、おいおいおいおいおい」

キーボードのデアボリカ関谷《せきや》が、前歯を剥《む》き出して大友を睨《にら》みつけた。

「次行くぞ、次」

ドラムスのマニトウ高松《たかまつ》がスティックでカウントを打ち、二曲目が始まる。

大和《やまと》大学の学園祭――十一月に開催されるから「霜月祭《しもつきさい》」（なぜか通称「漂流《ひょうりゅう》祭《さい》」）――の、きょうが初日だった。

おれたち〈Yellow Zombies〉のメンバー五人は、同じこの大学の、未来人間学部の一回生。漂流祭の期間中、有志が集まって学部の講義室で開いている、このささやかなライヴハウスに目下、出演中――。

おれたちとしては、最終日の野外ステージが今回のメイン舞台で、このライヴハウスでの演奏はリハーサル程度のつもりでいる。のだが、少人数ながらも観客を前にしてのライヴだ、けっこうみんな、硬くなっているのが分かる。

二曲目は“FESTIVAL OF THE LIVING DEAD”というオリジナル。これもやはりゴブリンの、名曲“PROFONDO ROSSO”をパクったような変拍子《へんびょうし》の長いイントロのあいだに、おれは持っていたギブソンSG（の安い国産コピーモデル）を下ろしてしまい、ステージ中央のマイクスタンドの前に立った。それでやっと、いくらか落ち着いた気分になる。おれはヴォーカルが本職で、実を云うとギターはあまり得意じゃないのだ。

一曲目については、音に厚みを付けるためにどうしてももう一台ギターが要《い》るから、と大友に云われて持たされた。しかもノーマルチューニングじゃなくて、オープンGmの変則チューニングで弾け、との要求。どうなることかと思ったが、やってみるとさほどの苦労もなく効果的な音が出せた。——とは云うものの、歌うときにはやはり、できるだけよけいなものは持ちたくない。そういう性分なのである。

客席で派手な指笛が鳴った。あれはたぶんサクラだろう。

「我猛《がもう》くーん」

という女の子の歓声。これも当然のことながらサクラ。ライトが眩《まぶ》しくてよく見えないが、今のはＹ　Ｚ《イエローゾンビ》のマネージャー、西《にし》さんの声に間違いない。

おれたちは調子に乗ってマネージャー呼ばわりして、ローズマリー西なんて通称をつけたりもしているけれど、実質はバンドのマスコットガール、とでもいった感じ。まめに練習を見にきてくれて、ライヴがあれば必ず応援に駆けつけてくれて……というありがたい存在で、なおかつ彼女は『サスペリア』のジェシカ・ハーパーを彷彿《ほうふつ》とさせるような、可憐《かれん》な美女だった。ブライアン・デ・パルマの『ファントム・オブ・パラダイス』の、ではなくてダリオ・アルジェントの『サスペリア』の、というところが大きなポイントだ。あまりにそれがおれ好みだったものだから、彼女が初めて、ベースのセンチネル咲子《さきこ》の友だちとしてスタジオに現われたときには、頭に血がのぼってめちゃくちゃな歌詞を歌ってしまった憶えがある。云ってみればまあ、ひとめ惚《ぼ》れというやつか。

いくらサクラとは云え、他ならぬその西さんの声援だ。ここはばっちりいいところを見せなければ……と思うや否や、ドラムスの高松が激しくとちった。大友があからさまに顔色を曇らせる。

あああもう、いけないなあきみたち。本番の演奏中にこの雰囲気……まったくもう。

ロメロの『ゾンビ』最高！　ということで意気投合したおれたち五人がＹＺを結成して半年近くになるが、最近どうも、この二人の折り合いが良くない。困ったものである。

キーボードの関谷はそれを横目で窺《うかが》いながら、懸命にリズムを合わせようとしている。こんなとき、最も冷静沈着なのは咲子で、高松のミスをかばうように、リズミカルな肩の動きでノリをアピールしながら、四本の弦の上で自在に指を躍《おど》らせる。女性ベーシストとは思えないような、実に力強いパフォーマンスだった。

「咲子ちゃーん」

「高松くーん」

今や二人の仲は公然の秘密なので、客席のあちこちから、そんな冷やかしの声が飛んできた。

大友お得意のリフが、いい感じで歌に絡みはじめる。ドラムスのローリングがぴたっと決まる。――よしよし。

そろそろみんな、本来の調子が出てきたみたいだ。

2

YZは初日のトリだった。

一時間ほどのステージが終わり、客たちが出ていったあと——。

明《あか》りが点《つ》いてしまうとここも、教壇をいくつか並べて造ったステージとPAや照明の機材がある以外は、普段とさして変わることのない殺風景な講義室にすぎない。

それなりの充実感と脱力感に浸りつつ、おれは片隅《かたすみ》の一席にぐったりと坐り込み、机に顔を伏せた。大音響の直中《ただなか》にずっといたせいで、キーンという耳鳴りがまだ残っていた。

「お疲れさん」

「お疲れさまぁ」

スタッフのあいだで交わされる決まり文句が、いくつも。他愛《たわい》もないジョークや笑い声が、いくつも。遠くで近くで、行き交う足音。楽器や機材のチェックをする音。意味の分からないノイズ、ノイズ、ノイズ…………。


……肩を揺すられて、目が覚めた。

「我猛君、いいかげん起きようよね。こんなところでずっと寝てたらさ、風邪ひいちゃうよ」

どきっ、とした。

ああ、この声は……。

机に伏せていた顔を上げると、ジェシカ・ハーパーの——いや、西さんの大きな目が、こちらを覗《のぞ》き込んでいた。

「あ……他のみんなは？」

「二階《うえ》の〈ファントム〉で飲んでるよ」

部屋には他に誰もいなかった。ステージのほうを見ると、ドラムセットとキーボード、アンプ類は、あすに備えて定位置に置かれたままだが、ギターはおれのギブソンSG（の安い国産コピーモデル）だけが、アンプの一つに立てかけられてぽつんと残されている。

うぐぐ、薄情なやつらめ。何でひと言、声をかけてくれない？

「わたしも今まで上にいたんだけど、やっぱり我猛君も呼んでくるほうがいいと思って」

疲れてんだから寝かしといてやれよ、という誰かの台詞《せりふ》が聞こえてきそうだった。

「んと……いま何時、ですか」

自分でも左手首の時計に目をやりながら、おれは訊《き》いた。

「そろそろ八時半になるかな」

と、西さんが答えた。

「ええっ、もうそんな時間？」

「うん、そんな時間」

かれこれ二時間以上も、ここで眠り込んでいた計算になる。――何だかなあ。そんなにおれ、くたびれていたんだろうか。

「良かったよ、さっきのステージ」

のろのろと頭を振るおれを慰めるように、西さんが云った。

「特に四曲目の『渚《なぎさ》のレザーフェイス』と、あとラストの『血まみれゾンビの秘《ひそ》やかな祈り』が最高。どっちも歌詞、我猛君が書いたんだよね」

「あ、はい、そうです」

「変な歌詞、考えるね」

「あ……ありがとう」

「でもさ、普通のお客さんにはあんまりウケないよね。わたしは好きだけど」

「あ……」

と、ここでおれは突然、一大決心をすることになる。このままの進行では、適切な枚数で話が収まらないから……いや、そうじゃなくて、「わたしは好き」という彼女のその言葉がストレートに胸に響いたから、だ。

「あの、あのですね、西さん」

おれは立ち上がり、淡く憂《うれ》いを含んだような西さんの目を見つめた。

「あのですね、あのあの、ぼく、前からずっと思ってたんですけど、あのぼく……」

おれは思いきり真剣だった。が、どうしてもうまく言葉が続かない。

「我猛君って、生真面目な人だよね」

視線を足もとに落として、西さんが云った。

「ステージでもそうだし。けっこう過激なロックやってるんだから、MCとかもっとそれっぽくしなきゃ。なのにいつも、口を開くと一人称『ぼく』の『です・ます調』になっちゃうし、男友だちはみんな『君』付けで呼んじゃうし……」

ううむ、まったくそのとおり――と、おれは深く頷《うなず》くしかない。バンドのメンバーたちからもさんざん云われつづけていることなのだが、持って生まれた性格なのかどうか、なかなか改められないでいるのだった。

「そんな我猛君、悪くないと思うけど……でもね、わたし」

西さんは視線を足もとに落としたまま、

「つきあってる人、実はいるの」

と云った。

「だからね、ええと……」

「あ、あ……そ、そうですか」

内心の激烈なショックを懸命に隠そうと努力しつつ、おれはぎこちなく微笑《ほほえ》んだ。

「いえ……うん、はい、気にしないでください。ぼくはただ……」

「ごめんね」

と、西さん。そうして彼女は、哀《あわ》れなウィンスロー・リーチを見るフェニックスのようなまなざしを、項垂《うなだ》れたおれに向けた。

3

おりしも、店内に流れている曲は井上陽水《いのうえようすい》の「東へ西へ」——。

〈未来幻想研究会〉というサークルが「未来酒場」と称して終夜営業している〈ファントム〉の片隅で、おれははっきり云って、ひどく酔っ払っていた。

「何がローズマリー西だよぉ。ったくもう、ジェシカ・ハーパーよりもミア・ファローに似てるだなんて、いったい誰が云いだしたんだよぉ。ぜんっぜん、似てないっつうの。ったくもう……」

　ＹＺのメンバーたちは、もういない。

　おれが、それこそ生ける屍《しかばね》さながらの歩き方で入ってきて、何も喋《しゃべ》らずに自棄酒《やけざけ》を飲みはじめたときには、すでにマニトウ高松とセンチネル咲子は店にはおらず、まもなくデアボリカ関谷が「いっぺん下宿に帰る、あとでまた来る」と云って出ていった。それからしばらくのあいだ、アルコールがまわってくるのに任せておれは、フューリー大友を相手に「ふられたふられた」と何度も同じ愚痴《ぐち》を吐きつづけ、大友は大友でかなり酔っ払っていたもので、「お仲間お仲間」とか何とか、もつれる舌で口走りながら、そのうちテーブルに突っ伏して黙り込んでしまった。その大友が急に「頭を冷やしてくる」と云いだして、おぼつかない足取りで店を出ていったのが、十五分ほど前だったか。

　時計の針は今、十時十分を指している。店の嫌がらせか、それとも気を利かせたつもりなのか、ＢＧＭはいつのまにかゴブリンの“SUSPIRIA”になっていた。

　さほど強いほうでもないのに、ウィスキーの水割りを続けて何杯も飲んだせいで、おれもてきめん気分が悪くなってきた。――ああもう、いけないいけない。この調子で飲みつづけたら、あしたは宿酔《ふつかよ》いでライヴどころじゃなくなってしまうぞ。

このグラスを空けたら、ちょっと夜風にでも当たりにいこうか——と、わりあい冷静に考えているようでいて、

「ちくしょう。あんな女、ゾンビに喰《く》われて死んでしまえぇ」

口のほうはすっかり悪酔いしている。ヤバいなあ。

4

十一月も下旬である。

ずいぶん酒が入っているのであまり寒さは感じないが、吐く息の白さは明らかに冬の訪れを示していた。

あてどもなく大学構内をぶらぶらしているうち、仲むつまじげに腕を組んで歩いてくる男女と遭遇した。どうにも卑屈な気分で目をそむけようとすると、

「やあ、我猛じゃないか」

と、知った男の声。何のことはない、高松と咲子のお二人さんだ。

「もう帰るの？　我猛君」

咲子に訊かれて、おれはよれよれと首を振った。

「ちょっとあの、飲みすぎちゃって……酔い覚ましに孤独な夜の散歩でも、と」

「それじゃ、あとでまたね」

いつ見てもこの二人、なかなかお似合いのカップルだと思う。

高松は小男のおれよりも二十センチほどは背の高い、スポーツマン然とした爽《さわ》やか系美男子。寄り添う咲子は、ステージでの力強いパフォーマンスとは裏腹に、献身的でお淑《しと》やか系の和風美人。——今さら悩むことでもないが、何だってこんな二人が、二人して『ゾンビ』フリークなのかしらん。しかも高松のほうは、洒落《しゃれ》でつけたステージネームがよりによって「マニトウ」とは。せめて「オーメン」とか「ヘルハウス」とか、少しジャンルはズレるが「テンタクルズ」(というのも相当なキワモノだが、おれはあんがい嫌いじゃないし)あたりにしておけばいいものを……。

すれちがったあと、振り返って二人の後ろ姿を見送りながら、おれはわれ知らず溜息をつく。ひどく酒臭いのが自分でも分かって、げんなりした。

ベンチを見つけて坐った。

振り仰ぐと、夜空は雲に覆《おお》われているようで、星明りの一つもない。

——つきあってる人、実はいるの。

思い出したくもないのに、耳に蘇ってくる西さんの言葉。

――だからね、ええと……。

相手はいったい誰なんだろう。今までそんな話、噂《うわさ》にも聞いたことがなかったのに。

――ごめんね。

本当にいるんだろうか、彼女にそんな相手が。まさか、唐突《とうとつ》なおれの告白をかわすための口実とか？

考えまいとすればするほど、彼女のことばかり考えてしまう。これまで自覚していた以上に、どうやらおれは彼女が好きだったらしい。――うーん、これでもう、潔く諦《あきら》めるべきなのか。月並みな云い方をすれば、女は何も西さんだけじゃないのだ。『ハロウィン』のジェイミー・リー・カーティスもいれば、ちょっと怖いけれど『サスペリア2』のダリア・ニコロディもいる。いや、それともやはり、一縷《いちる》の望みをまだ……。

などなどと、いかにも非生産的な物想いに耽《ふけ》りつづけるうち、だいぶ酔いが覚めてきた。腕時計を確かめると十一時半。外に出てきてから一時間以上が経《た》つ。

さてさて、そろそろ〈ファントム〉に戻って、このあとはもうソフトドリンクだけで過ごそうか。

そう決めて腰を上げると、急に寒さが身に沁《し》みてきた。

5

未来人間学部の前まで戻ってきたところで、おれはいったん足を止め、大きなあくびをしながら思いきり伸びをした。

ちょっと涙が滲んで霞《かす》んだ目に、建物の正面入口が映る。その、向かって右手に並んだ窓が、すべて開けっ放しになっていた。ライヴハウスに使っている講義室がある側だ。ライヴが終わって客を出したあと、部屋の換気をしてそのままになっているのだろう。不用心と云えば不用心だが……ま、いっか。

〈ファントム〉は二階の演習室で営業しており、これは向かって左手——一階のライヴハウスとは反対側にある。鉄筋四階建ての、こぢんまりとした古い学舎だが、窓から光が洩《も》れているのは今、そこだけだった。

〈ファントム〉に行ってみると、入口近くのテーブルにセンチネル咲子がいた。

「あれ、高松君は？」

「ああ、さっき我猛君と会ったあとね、軽音の部室に行ってくるって……」

そもそもおれたち五人が知り合ってバンドを組むことになったのは、全学サークルである軽音楽部に入ったのがきっかけだった。五人が揃《そろ》って未来人間学部だと分かったのは、新歓コンパのときにホラー映画談義で盛り上がってからの話。高松は軽音の部内でもう一つバンドを掛け持ちしているから、おおかたそっちの打ち合わせがあるのだろう。

「咲子さんはいつ、ここに？」

「三十分ほど前かな」

「他のメンバーは誰も？」

「見かけないわよ。——あ、そう云えば、わたしが来る少し前まで、あやみがいたらしいけど」

「あやみ」とは西さんのことだった。「西あやみ」というのが彼女のフルネームなのである。

「何だかずいぶん酔っちゃって、一人でふらあっと出ていったって。残念ねえ、我猛君」

ずきっ、と来た。

おれは咲子と同じテーブルに着くと、さっきの誓いをあえなく破ってビールを注文した。

「もう酒はやめといたら？　あしたも一階《した》でライヴやるんだろう？」

と、店員の池垣勇気《いけがきゆうき》が忠告してくれた。

「西さんもさっき飲みすぎて、ひどく青い顔して出ていったぜ。ほら、あっちにいる二人と彼女、一緒に飲んでたんだけど、あの二人もいいかげんベロベロでさ」

池垣が顎《あご》で示した奥のテーブルには、仲田虫雄《なかたむしお》という二回生の姿が見えた。去年の漂流祭の「大喰い早喰いコンテスト」でぶっちぎりの優勝を果たしたとかで、一回生のあいだでも有名な人物である。

もう一人は年恰好《かっこう》からして、学生ではなくて教官のようだが。

「未来犯罪学研究室の若原清司《わかはらきよし》先生。いわゆる万年助手らしいけど」

と、咲子が耳打ちしてくれた。

「最近奥さんに逃げられて、相当に落ち込んでるみたい」

「はあ……」

仲田は持ち込んだ袋菓子をばりばりと食べながら、がぶがぶとビールを飲みつづけ、同じ口で「おなかが減ったぁおなかが減ったぁ」と繰り返している。若原助手はズボンのベルトを引き抜いて両手に持ち、思いつめた形相で「殺してやる殺してやる」と呟いている。――何か二人とも、かなりアブナい感じだなあ。

「それにしても西さん、大丈夫かしら」

と、もう一人の店員、美川宮子《よしかわみやこ》が云った。

「帰るって云って出ていったわけじゃないのに……お勘定もまだなのに。ねえ我猛さん、どう思います？」

ああああもう、そんなこと、おれに訊かないでほしい。

「そうそう。おいしいキノコのソテーがあるけど、食べません？　西さんは勧めても食べてくれなかったんですけれど」

「西さん」という名前を聞くたびに、おれの胸はびしびしと軋《きし》んだ。

池垣の忠告を無視して、ビールを一気に飲み干した。まるで味が分からない。当然うまくもない。が、それでも「もう一杯」と心が欲して二杯目をグラスに注いだとき――。

入口の戸ががらり、と開いて、フューリー大友が入ってきた。

おや、どこかおかしいな――と、その顔を見てとっさに感じたのだが、理由はすぐに分かった。どうしたのだろうか、額《ひたい》に赤黒い痣《あざ》を作っているのだ。

「どうしたの、大友君」

と、咲子が訊いた。大友は面目なさそうに額を押さえながら、

「すっかり悪酔いして、外で頭を冷やしてたんだけどさ、自転車の学生にぶつかっちまって思いきり転倒。受け身も取れず、このとおり……とほほ」

そうして彼は向かいの席に腰を下ろすと、おれのグラスを取り上げてぐいぐいとぜんぶ飲んでしまった。

「もう……どこが悪酔いですか」

「まあまあ、細かいことは気にしない。——あれ、関谷は？　下宿に帰ったまま？」

「関谷君、もう帰っちゃったの？」

と、咲子。

「えっと確か、あとでまた来るって云ってましたけど……」

と、おれのその言葉が終わらないうちに、当のデアボリカ関谷がどたどたと店に駆け込んできた。

「大変だ大変だ大変だ」

荒々しく肩で息をしながら、彼は顔中を口にして叫んだ。

「下で……下のライヴハウスで西さんが、西さんがあぁ！」

「西さんが、何だって？」

「あやみがどうしたの？」

「死んで……いや、殺されてるんだ！」

6

雪崩《なだ》れ落ちるように階段を駆け降りて、ライヴハウスに使っている講義室の、開いていた手前の入口から明りの点いた中の光景を覗き込んで——。

おれたちはしばし、完全に言葉を失って立ち尽くした。

教壇を組み合わせて造られたステージの上に倒れ伏している、華奢《きやしや》な身体。こちらを向いた顔は赤黒く血で汚れ、ヘレナ・マルコスに立ち向かうスージー・バニヨンのようにかっと両目を開いたまま、毫《ごう》も動こうとしない。何やら激しい驚きが貼り付いた表情——に見える。そしてそのすべてが、まぎれもなくローズマリー西こと西あやみのものに間違いなかった。

「誰か、警察に連絡してください」

自分の口から、そんな当たり前な台詞がすんなりと出てしまったことが、不思議でたまらなかった。

「う、嘘《うそ》だろ？　嘘だろ？」

大友が喚《わめ》きながら中へ飛び込もうとする。

「あっ、待って……」

おれは慌てて止めようとしたが、そこで「現場保存を」なんていう言葉を口にすることは、どうしてもできなかった。

今にもその場にへたりこんでしまいそうになるのを必死でこらえつつ、おれは大友を追って室内に踏み込んだ。関谷がそのあとに続いた。一緒に降りてきた他の連中は、入口の外からじっと様子を見守っている。

ステージには、客席から向かって左手の端にドラムセットが、右手の端にキーボードが置かれている。西さんが倒れ伏しているのはちょうど真ん中あたりで、壁ぎわに並ぶアンプ類のほうへ頭を向けていた。

「脈はなかった。さっき確かめてみたんだ」

微動だにしない西さんのそばに屈《かが》み込んだ大友に向かって、関谷が云った。

「下宿から戻ってきて、ちょっとここを覗いておこうって思いついて。明りを点けてみたら、彼女がこんな……」

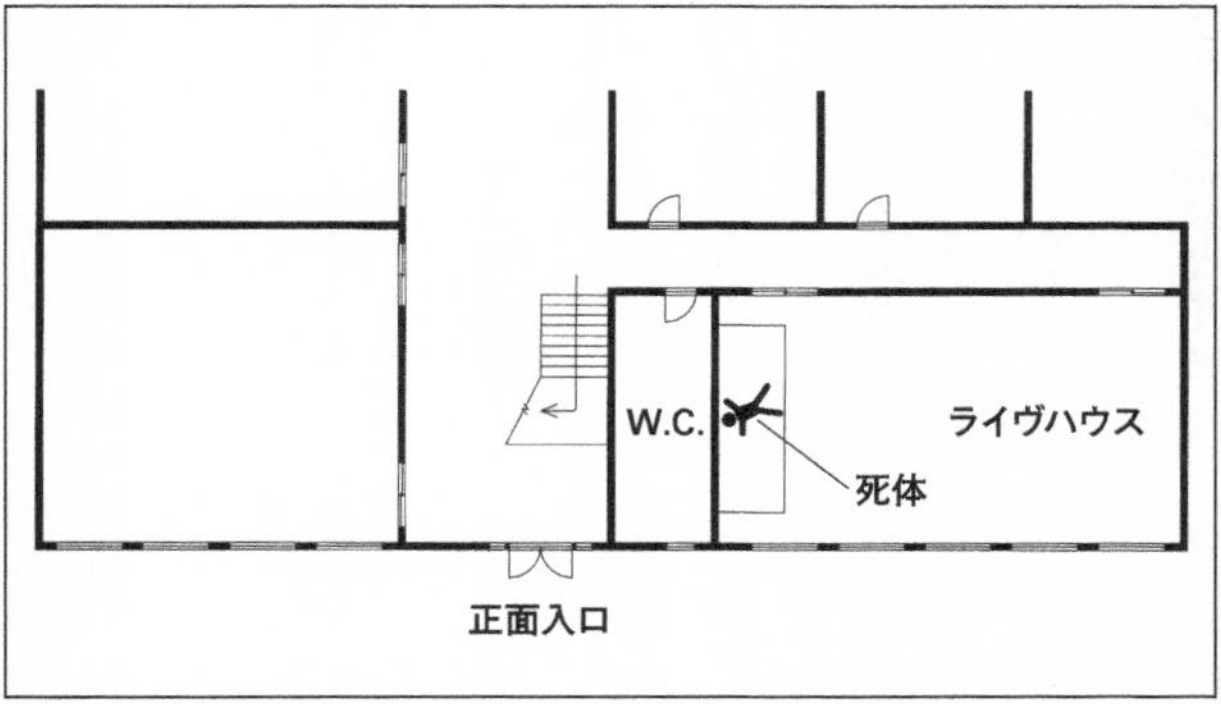

現場見取り図（大和大学未来人間学部　1F部分図）

「死んでる、確かに」

彼女の右手首を握って、大友は力なく首を振った。

「何でこんな……いったい誰が、こんな」

「頭を何か鈍器で殴られたみたいだな。むごいことを……」

おれは恐る恐るステージ中央に歩み寄っていくと、項垂れた大友を一瞥《いちべつ》し、それから物云わぬ西さんの顔を、さらにはその全身に目をやって、思わず「うっ」と声を洩らした。

命の抜け殻となった彼女の、もはや永遠に動くことのない左手。その手が……。

「我猛」

背後から関谷が云った。

「それ、おまえのだよな」

ローズマリー西こと西あやみは、アンプに立てかけてあった黒塗りのギターを倒し、その五弦と六弦を鷲摑《わしづか》みにしたまま息絶えていた。そしてそのギターは、おれのギブソンSG（の安い国産コピーモデル）だったのだ。

7

およそ一時間後──。

学部一階の空き教室の一つに、おれたちはいた。フューリー大友にデアボリカ関谷、センチネル咲子、池垣勇気に美川宮子、仲田虫雄に若原清司、そしておれ──の、全部で八人。酒を飲んでいた者も、すっかりもう酔いが吹っ飛んでしまった様子だった。もちろんおれも例外ではない。

隣にある演習室で、先ほどから警察による事情聴取が行なわれている。夜もかなり更けてきたけれども、ひととおりの聴取が終わるまでは勝手に帰宅しないように──と、「事件関係者」であるおれたちは厳しく命じられていた。

いま隣室に呼ばれているのは、捜査陣が到着する直前、ひょっこりと戻ってきたマニトウ高松である。

事件の発生を知って現場に駆け込んでくると、彼は「何だよどうしてだよありえないよカンベンしてくれよ……」と口走りながら、ほうけたような顔でしばし西さんの死体を見下ろしていた。その横では大友が頭を抱《かか》え込んで嗚咽《おえつ》を洩らし、外の廊下では咲子が床に坐り込んで啜《すす》り泣き……などと、冷静に彼らを見ていたふうに記しているこのおれにしたって、当面どうにか感情を抑え込めているだけで、いつ自分も同じように取り乱してしまうか、まったく分かったものじゃなかったのだが。

——で。

しばらく押し黙っていた皆がぽつぽつと口を開き、さっきから話題になりはじめていることがあった。当然、西さんの死にまつわる問題である。

「彼女は何であんなふうに、我猛のギターを握って倒れていたのか」

必要以上に改まった調子で、そんな問いかけを発したのは関谷だった。

「こいつはやっぱ、大問題だよなあ。なあ、我猛」

「あ……そ、そうですね」

「素直に考えるなら、やっぱあれか、いわゆる一つのダイイング・メッセージってやつか」

「ダイイング・メッセージって、推理小説に出てくるみたいな？」

咲子が訝《いぶか》しげに首を捻った。関谷は仏頂面で「ああ」と頷いて、

「死にぎわの伝言、だな。被害者が死の直前、最後の力を振り絞ってメッセージを残す。それが文字である場合もあれば、文字以外の何らかのサインである場合もある。そしてたいがい、そのメッセージは自分を襲った犯人が誰かを知らせようとするもので……」

「すると何か？　西さんがあのギターを摑んでいたってことは、犯人は持ち主の我猛だってことか」

短絡的な解釈を垂れ流して、大友が横目でおれを睨みつける。

「じょ、冗談じゃない」

何とありがちなやりとりであることよ——と、いささか卑屈な思いに囚《とら》われつつも、おれはマジで声を荒らげた。

「どうしてぼくが、西さんを殺さなきゃならないんですか」

「そりゃあおまえ、あれだろうが。可愛《かわい》さ余って憎さ百万倍。坊主《ぼうず》憎けりゃ袈裟《けさ》まで……って、これはちょっと違うか」

大友はにこりともせずに云い、なおも横目でおれを睨みつけた。

「ふられたばかりなんだろう？　おまえ、彼女に」

「な……」

「ふられたばかりなんだよな？　我猛君、西さんに」

と、池垣勇気が割り込んできた。おれはむっとして、

「何の根拠があって、そんな」

反論しようとしたものの、すぐに気づいて口をつぐんだ。〈ファントム〉で酔っ払って、ずいぶん物騒《ぶっそう》な文句をべらべら並べてるんだよなあ、おれ。ああもう、何だかヤバい展開……だが、しかし。だがしかし——。

「もう少しよく考えてみるべきなんじゃないかしら」

と、今度は美川宮子が割り込んできた。

「現場の様子、わたしもさっき、ちらっと見ちゃいましたけど。問題は西さんが、単にあのギターを握っていたわけじゃなくて……ね、ギターの五弦と六弦を摑んでいたっていう、そこにあるんじゃないかなって」

そう、それだ。おれもずっと、そのことを云いたくてうずうずしていたのである。

「まあ、確かにな」

関谷が仏頂面で頷いた。

「『我猛のギター』っていう、それだけのメッセージを残したかったのなら普通、わ

ざわざあんな不自然な摑み方はしないか」

「でしょう？」

「だとすると、ではいったい、あれにはどんな意味があるのか」

必要以上に改まった調子でまた、関谷が問いかける。美川は心許《こころもと》なげに「さあ」と首を傾げ、大友は横目でおれを睨んだまま、黙って肩をすくめた。

「こういう考え方はどうだろう」

と、関谷がみずから一つの答えを示した。

「ギターの弦は全部で六本。下から順に一弦、二弦、三弦……だな。でもって、おれたちのバンド――YZのメンバーは、マネージャーの西さんを含めればちょうど六人だろ？　たとえば六本の弦のそれぞれが、六人のメンバーの一人一人に対応しているとしたら……」

「うーん、どうなんでしょうか」

おれはおずおずと自分の意見を述べた。

「西さんをメンバーに含めて六人、というのはどうも強引な気がしますし、もしそうだとしても、六本の弦が六人にどう対応しているのか分からないし……しかも、仮にそうだとしたら犯人は五弦と六弦に対応する二人、という話になりますね。それはあの、ちょっと……」

「単独犯のほうが望ましい、ってか？」

「ええ。一応これ、〝犯人当て〟の問題篇ですし」

「はあん。なるほどまあ、そう云われちまうと反論は難しいな」

「ここはもっと単純に考えてしまったほうがいいのでは？　たとえばほら、弦には一から六までの番号だけじゃなくて、他にも属性があるわけですから」

「と云うと……ふん、そうか。『音階』の属性か？」

「あっ、はいっ」

と、美川が手を挙げた。

「わたしもギター、やってたことあるから分かります、それ。五弦はAで、六弦はEですよね。AとE——ひょっとしてこれが、犯人のイニシャルだとか」

「そういう考え方もできますね」

答えて、おれは教室にいる「事件関係者」たちの顔を見まわした。この中で（おれ自身も含めて）、A・EもしくはE・Aのイニシャルを持つ人物は……いない。

では、片方だけならどうか。AもしくはEを、苗字《みょうじ》か名前の頭文字に持つ人物は……？

・ハロウィン我猛（Halloween Gamou）
・フューリー大友（Fury Otomo）
・センチネル咲子（Sentinel Sakiko）
・デアボリカ関谷（Diabolica Sekiya）
・池垣勇気（Ikegaki Yuki）
・美川宮子（Yoshikawa Miyako）
・仲田虫雄（Nakata Mushio）
・若原清司（Wakahara Kiyoshi）
加えて、今ここにいないもう一人——。
・マニトウ高松（Manitou Takamatsu）
こうして並べてみても、該当する者は誰もいない。かろうじて被害者である西さん自身の、あやみ（Ayami）のAがあるだけ、か。

ところが、YZのメンバーの本名にまで目を配ってみると——。
・ハロウィン我猛＝我猛大吾《だいご》（Gamou Daigo）
・フューリー大友＝大友英介《えいすけ》（Otomo Eisuke）
・センチネル咲子＝河田《かわた》咲子（Kawata Sakiko）

・デアボリカ関谷＝関谷究作《きゅうさく》（Sekiya Kyusaku）
・マニトウ高松＝高松翔太《しょうた》（Takamatsu Shouta）
するとただ一人、該当者が見つかることになる。大友英介の、「Eisuke」のE。

――なのだが。

いやいや、ちょっと待てよ、と思った。

あのギター――西さんが摑んでいたあの、おれのギブソンSG（の安い国産コピーモデル）は……。

「ダイイング・メッセージだか何だかの意味はさておくとしてだね、とにかく私が事件に無関係であるのは間違いない」

それまで黙りこくっていた若原清司が、苛立たしげに口を開いた。見ると、いつのまにかまたズボンのベルトを引き抜き、両手に握っている。文句のある人間はこれで絞め殺してやる、とでも云わんばかりに。

「そもそも西あやみという学生とは、今夜〈ファントム〉で一緒に飲んだのが初対面だったのだし。それに、私には確かなアリバイがある。――まったくもう、早く解放してほしいものだ。これでも私は忙しい身なのだ」

「ぼくも若原先生と同じです」

うわずった声で仲田虫雄が云った。

「ずっと〈ファントム〉にいましたから、ぼくも。若原先生と同じテーブルで飲んでたし……あああもう、早く帰りたい。おなかが減ったあぁ」

「アリバイっていう点なら、おれと美川さんもおんなじだな」

と、これは池垣。

「西さんが一人で〈ファントム〉を出ていったのが、確かあれ、十一時ごろだったと思うんだけど、それからもずっとおれたち、店にいたからさ」

「でも池垣君、あのあと一度、トイレに行ったでしょ。わたし、憶えてますよ」

美川が厳しく目をすがめた。

「若原先生も、確か一度」

「トイレに？　ふん。しかしせいぜい二、三分のことだろう。そんな短時間で人を一人殺すなど……」

云いかけて、若原は「いや、まあ」とみずから首を振りながら、

「絶対に不可能とは云わないが。しかしそれでも、私は断じて無関係だ。最近よく疑われるが、私は頭がおかしくなってなどいない。だから、知り合ったばかりの女子学生を殺したりはしない。私は、私は断じて……」

殺気立った面持ちで周囲を見まわし、びしっ、と両手のあいだでベルトを鳴らす。ああ、何だかやっぱりアブナいぞ、この先生。

「云っとくけどおれだって、事件には何の関係もないからな」

と、池垣が主張した。

「だいたいこういうのってさ、バンド内の人間関係のゴタゴタが原因で、って相場が決まってるだろう。な？」

バンド内の人間関係……か。ううむ。

西さんが〈ファントム〉を出ていったのが午後十一時ごろ。彼女の死体を発見した関谷が〈ファントム〉に駆け込んできたのが、確か午前零時前だったから、犯行があったのはこの一時間ほどのあいだ——ということになる。検視が行なわれれば、もう少し絞り込まれるかもしれないが。

午後十一時ごろから午前零時前までのおよそ一時間……この時間帯に完全なアリバイを持っている者は、少なくともここにいるＹＺのメンバーの中には一人もいない。おおかた高松も同じだろう。池垣が云うように、こんな場合にまず疑われて然るべきなのは、やはりメンバーの誰かなのか。

足もとに何やら不穏な地響きを感じたのは、そのときだった。

えっ？　と戸惑うまもなく、ぐらっ、ぐらあっ、と床が揺れ、教室の戸や窓が騒がしく音を立てはじめ……おれは思わず机に両手を突き、腰を低くした。――地震!?

8

揺れは数秒で収まったが、この地方にしては珍しく、わりあいに強い地震だった。しかもそれが、よりによってこんな状況下でいきなり起こったものだから、みんな多かれ少なかれ動揺を隠せない。

時刻は午前一時半――。

お互いの蒼《あお》ざめた顔を窺い合いつつ、誰も軽口の一つも叩《たた》けずにいるところへ、隣室から高松が戻ってきた。

「だいぶ揺れたよな、今」

「何だかもう、嫌な感じだよなあ」

と、大友がめいっぱい顔をしかめた。

「おれさ、地震はマジで苦手なんだよな」

「得意な人間なんているか」

「にしても、何だってこのタイミングで地震なんだよ」

そう云って、関谷がおれのほうを見た。

「何か意味があるのか？」

どうしておれに訊くんだよ、と大いに不満を抱きつつも、

「さあ。でもまあ、一応これ、〝犯人当て〟の問題篇ですし、もしかしたら……」

ついつい、そんな答えを返してしまうおれである。

「次、我猛の番だってさ」

と云って、高松がおれの肩を叩いた。

「取調室で、担当の警部殿がお呼びだぞ。我猛って名前を聞いて、何だかちょっと驚いてたみたいだけど……ひょっとしておまえ、知り合いか？」

9

入口脇に立っていた制服警官に促《うなが》されて、隣の演習室に入るなり――。

高松に云われていたから完全な不意打ちではなかったが、それでもおれは「あれえ」と声を上げざるをえなかった。

「こんなところで……お久しぶりです、伯父さん」

部屋にいた何人かの私服警官——いわゆる刑事たち。その中でひときわ異彩を放っている髭面《ひげづら》の大男が、高松の推測どおり、おれの「知り合い」だったのである。

「はあん。やっぱりおまえか」

スチール製の長机の真ん中に両肘《りょうひじ》を突いたまま、男は鼻筋に皺を寄せながらおれをねめつけた。年のころは五十前。本人は似合っているつもりらしいが、トム・サビーニをもっと野卑にしたみたいなこの髭は、正直云っていかがなものかと思う。

「大和大学の未来人間学部、学園祭のライヴハウス、と聞いた瞬間から、嫌な予感がしていたんだ。そう云えばおまえ、中学のころからロックだのホラーだのが好きだったなと思い出して、ますます嫌な予感が……」

渋《しぶ》い顔で、伯父さん——もとい、所轄署刑事一課の古地《ふるち》警部は云った。

彼はおれの母親の兄に当たる人だが、同じこの街に住んでいながら、最後に会ったのはもう何年か前の話になる。地元の警察で凶悪事件を追いかけている超多忙人物、とは知っていたけれど、まさか今夜こんな形で久々に遭遇してしまおうとは、まったくもって都合の良すぎるお約束事……って、ま、いっか。

「とにかくまあ、坐りなさい」

命じられて、おれは椅子にかけた。長机の向こうから、警部はじろりとおれを見据えた。

「話を聞こうか。被害者の西あやみとは、おまえもつきあいがあったということだが？」

「ええ、まあ……」

ここで何を隠してみたって始まらない。腹を括《くく》っておれは、知っている事実のすべてを語った。ライヴのあとの、あっけない失恋の一幕も含めて、である。

古地警部は鼻筋に皺を寄せたまま、ときどきふんふんと頷きながら耳を傾けていたが、最後におれが〝ダイイング・メッセージ〟に関する先ほどの議論に触れると、

「ははあん」

不機嫌そうに唸《うな》って、トム・サビーニみたいな口髭を撫《な》でた。

「このさい、おまえたち未成年者が揃いも揃って飲酒していた、という事実は不問に付すとしてだ」

「――はあ」

「どうも厄介そうな事件だな。現場が現場だけに、指紋や足跡もさんざん入り乱れてるだろうからな。すんなりと明確な物的証拠が出てきてくれるとは思えない。――お

まえの云うダイイング・メッセージの件もだ、仮にその意味が分かったとしても、現実問題としては決定的な証拠にはならんわけでなあ」

「凶器は見つかったんでしょうか」

と、おれのほうから質問してみた。

「見たところ、西さんはその、何かで頭を殴られていたようでしたけれど」

「撲殺……ふん、そのようだったな。詳しいところは検視の結果待ちだが。凶器とおぼしきものはまだ……目下捜索中、だ」

せわしなく髭を撫でる手を止めずに、

「遺体の頭部には二つの傷があった」

と、警部は続けた。

「一つは顔面の、鼻の上あたりに。もう一つは右側頭部。顔面のほうには出血があって、これには鼻血も混じっているようだ。どちらも何か硬い、鉄パイプとか金属バットみたいな鈍器で殴打されたものらしいんだが、おそらく致命傷となったのは側頭部のほうだろう」

「即死じゃなかったんですよね」

懸命に冷静さを保《たも》つ努力をしつつ、おれは確認した。

「つまりその、犯人が立ち去ったあともまだ息が残っていた可能性はあるのか、ということです。死のまぎわに彼女の意志で、あのギターに手を伸ばす余裕はあったのか、と」

「それは、あったかもしれないな」

「じゃあ、やっぱりあれはダイイング・メッセージ……」

「だとすると、単純に考えて第一に怪しいのはおまえか。ふられたばかりで、かなり酒も飲んでいた」

「や、やめてくださいよ」

「身内といえども、甘い顔はできないしな」

「そんなぁ。誓ってぼくは、そんな……」

と、そこへ制服警官が一人、慌てた様子で駆け込んできた。

「どうした」

立ち上がって、古地警部が訊いた。

「凶器が見つかりでもしたか」

「いえ、凶器ではなくて、血痕《けっこん》が」

「何ぃ？」

「現場の隣にある女子トイレで、被害者のものと思われる血の痕《あと》が発見されまして」

10

おれは古地警部にくっついて演習室を出た。警官に先導され、問題の女子トイレへと向かう。すんなりと同行が許されたのは、何とか適切な枚数に話を収めるため……いやいや、そうじゃなくって、可愛い甥《おい》っ子だから特別扱いしてくれたのだと受け止めることにしよう。

未来人間学部という新しげな名称とは裏腹に、古くてこぢんまりとしたこの学部の建物である。スペースの都合上、トイレはワンフロアにつき一箇所ずつしかなくて、一階と三階が女子用、二階と四階が男子用、といった割り振りがなされている。

女子トイレなる場所に足を踏み入れるのはもちろん、初めての経験だった。入って右側に個室のドアが並んでいる。男子トイレと違って当然、小便器は一つもない。

正面奥——左側の壁に向かって、洗面台が二つ。血痕はそこにあった。

二つの洗面台のうちの奥のほう、だった。水栓の金具や洗面槽の陶器に、そして手前の床のタイルに、赤黒いものが点々と付着しているのである。洗面台の縁には、レモン色の女物のハンカチが一枚、折りたたんだ状態で置かれていた。これは、もともと床に落ちていたものだという。

「発見者は？」

古地警部の問いに、警官はすかさず、

「河田という女子学生です。あちらの教室に待機させている関係者の一人でして」

と答えた。

河田——咲子か。

「つい先ほどトイレに立って、そこでこれを見つけたそうで、慌てて知らせに……」

「そうか」

警部は室内を見まわしながら、

「このトイレの明りは？　ずっと点いたままなのかな」

これはおれに対する質問のようだった。

「基本的には消してあるはずですけど」

おれが答えると、警部は「ふん」と頷き、

「明りは発見時に点けられた、か」

それから警官のほうを見直して、

「血痕が被害者のものだという確証は？」

「これから鑑識が調べるところです。ただ、発見した河田という学生によれば、落ちていたそのハンカチは被害者の持ちものに間違いないという話ですので……」

「これが？　ふん、なるほど。——とにかくまあ、鑑識に仕事をしてもらわないとな」

その間におれは、床の血痕を踏まないように注意しつつ、奥の洗面台の前まで歩を進めた。洗面槽から壁に貼られた鏡へ、さらにはその立ち位置から見て右手の間近にある窓へと観察の目を移していく。

「おいおい、あんまり勝手にうろちょろするんじゃない」

「分かってますよ、伯父……いえ、警部殿。ですけどね、もしかしたらここが第一の、犯行現場かもしれないわけでしょう」

「——ん？」

「ほら、よくある話じゃないですか。〝死体の移動〟っていう事後工作」

この期《ご》に及んで、めそめそと悲しみに暮れていても始まらないのである。西さんの弔合戦《とむらいがっせん》だ、と無理やり心に決めながら、おれは言葉を連ねた。

「少しでも発見を遅らせるために、犯人がここから隣のライヴハウスへ死体を運んだ、っていうこともありえますよね。翌日まで使われないライヴハウスのほうが、このトイレに比べれば人が来る可能性がずっと低いわけですから」

と、そのとき、おれはそれを見つけたのだった。外に向かって斜めに押し上げる構造の、古びた滑《すべ》り出し窓の内側。その、水蒸気で曇ったガラスに……。

「もしもそうだとするとですね、何か重要な手がかりが残っているかもしれません。たとえば、ここに――」

おれは名探偵よろしく、その窓ガラスを指さした。

「ほら。これ、見てくださいよ」

「んん？」

近寄ってそれを見て取るや、警部はぴくと眉を動かして、

「こいつは……」

「こんなふうには考えられませんか」

おれは云った。

「西さん――被害者は〈ファントム〉を出ていったとき、飲みすぎてひどく青い顔をしていたそうです。気分が悪くて、その足で一階のこのトイレに降りてきたとしても不自然じゃない。二階には男子トイレしかありませんしね。そんな彼女の姿をたまた

ま犯人が見かけて、殺意を抱いてあとを追って……この洗面台の前で凶行に及んだ。そうしてすぐにここから立ち去ったか立ち去りかけたか、いずれにせよ、いったんこのポイントから離れたあと、〝死体の移動〟という工作を思いついて引き返してきた。ところがその間に、まだ完全に息絶えてはいなかった被害者が、最後の力で身を起こして、この窓にこれを……」

そこにあるそれ――ガラスの曇りに指先で書かれた（と思われる）震える線は、アルファベットの「D」に見えた。

「ふうん。まあ、どうにかこうにか辻褄《つじつま》は合うが」

古地警部はしかめっ面で髭を撫でた。

「しかしなあ、かなり不自然と云うか、無理もあるな。犯人が一度この場を離れて、また戻ってきて……とか、そのあたり」

「確かに。でも、人を殺してしまった直後の人間の行動なんて、そんなものなんじゃないんですか。あらかじめちゃんと計画を立ててでもおかなきゃあ」

「ほう。計画犯ではない、と？」

「普通そうでしょう。計画的な殺人なら、わざわざ学園祭中の大学なんていう舞台を選ぶ必要がない、と思いませんか」

「ふん、まあな」

「もしもぼくの考えが正しくて、ここが〝第一現場〟なのだとしたら、〝第二現場〟のライヴハウスで被害者がギターを摑んでいたのは、犯人による偽装工作だという話になるわけで」

「とにかくこいつを」

と、警部は窓ガラスに記された「D」を睨みつけて、

「詳しく調べてみないことにはな。血が少し付いているようにも見える。――おおい、鑑識はまだか」

11

その後、おれが古地警部から仕入れることのできた事件に関する情報を要約して、次に列記しておこう。

○被害者・西あやみの死因は頭部打撲による脳内出血。右側頭部への打撃が致命傷となったもよう。検視結果と関係者の証言を総合すると、犯行時刻は午後十一時から

十一時半の三十分間に絞り込まれる。
○関係者のうち、この時間帯に完全なアリバイを有する者は、〈ファントム〉にいた美川宮子と仲田虫雄の二人。池垣勇気と若原清司も基本的には同所にいたが、それぞれ一度ずつトイレに立っており（それぞれに正確な時刻は不明）、「完全な」とは云えない。YZのメンバーには全員、一人で過ごしていた時間があり、アリバイは不成立。
○凶器は金属バットだった。以前より建物の玄関ホールにある傘立てに、持ち主不明のまま放置されていたもので、犯行に使われたあと、同じ傘立てに戻されていた。被害者と一致する血液および組織片が検出されたことで、これが凶器であると特定される。指紋はまったく検出されず。犯行後、犯人によって拭《ふ》き取られたと考えられる。
○一階女子トイレに残っていた血痕は、被害者の血液と一致。同所に落ちていたハンカチは被害者の持ちものに間違いなく、このハンカチ、および窓に記されていた「D」の文字にも、微量ながら同じ血液が付着していた。ただし、窓の文字からの指紋の検出は不可であった。

それから、もう一つ――。

遺体を解剖して明らかとなった、おれにしてみればショック倍増の事実があった。

12

三日後、大和大学の学園祭――十一月に開催されるから「霜月祭」（なぜか通称「漂流祭」）――は終わった。

未来人間学部でのライヴは、事件翌日から中止となった。最終日の野外ステージをどうしたものか、おれたちはもちろん各々《おのおの》に強いためらいを覚えたが、話し合いの末、予定どおりの出演に踏み切ることにした。西さんの追悼ライヴ、という気持ちで臨んだステージだった。

このステージのために用意してあった新曲「首なし死体は哲学者の夢を見るか？」と「笑って！　マイケル・マイヤーズ」を、おれはほとんど涙にむせびながら歌ったのだが、全体の出来ははっきり云ってダメダメもいいところ。どうにもやりきれない、気まずい結果とあいなった。それもまあ、当然と云えば当然だろう。

その夜遅く、反省会の名目で集まった大学近くの居酒屋のテーブルには、反省会と云うよりも通夜の席みたいな空気が濃厚に漂っていた。これもまあ、当然と云えば当然のことである。

「ったくなあ、これからおれたち、どうしたらいいんだろうな」

誰も手をつけようとしなかったビールのジョッキを取り上げ、一気に飲み干したのはフューリー大友だった。

「こんな状態でこのバンド、続けられると思うか」

見るからにもう、自棄になっている。受けてデアボリカ関谷が、彼もまたジョッキのビールを一気飲みして、「があーっ」と意味不明の唸りを発した。

「本当にバラバラのグズグズだったよなあ、きょうの演奏は。途中でおれ、逃げて帰りたくなったぞ」

「気持ちがバラバラなんだよな。いくら西さんの追悼だって意気込んでみてもさ、ひょっとしたらこのメンバーの中に、彼女を殺した犯人がいるかもしれないって思うと……」

「やめてよ、そんな云い方」

と、センチネル咲子が声を震わせた。今にも泣きだしそうな顔を伏せて、

「そんな云い方は……やめて」

「しかし事実だろう」

大友が声を昂《たかぶ》らせた。

「西あやみは三日前に死んだ。殺された。殺した誰かが、どこかにいる。どこかに……もしかしたらこの中に」

「自分が犯人だ、と名乗り出る奴はおらんのかぁ」

と、関谷。するとマニトウ高松が、長々と溜息をついて、

「やめようぜ。その話は、ここでは」

「だがなあ、おまえ……」

「待ってください」

と、そこでおれが口を開いた。みんなに告げようか告げまいかと迷いつづけ、とにかくきょうのステージが終わるまでは、と思って黙っていたその事実を、今ここでもう、話してしまおうと決めたのである。

「ぼくが云わなくても、いずれ伝わってくる情報だとは思うけど――」

四人の注目がいっせいに集まった。喚きだしたくなるのを必死で抑えながら、おれは云った。

「彼女――西さん、おなかに赤ちゃんがいたんですよ」

誰もが驚きを隠そうとしなかった。「えええええーっ？」とか「嘘おっ!?」とか「うわああっ！」とか「莫迦《ばか》なっ！」とか、なかば悲鳴、なかば怒号のような声が飛び交った。

「何だって我猛、おまえがそんなこと知ってるんだよ」

つっかかってくる大友を睨み返して、

「担当の警部がぼくの伯父さんだったって、云ったでしょう。だから——それで……」

おれは憮然《ぶぜん》と答えた。

「解剖してみて、分かったそうです。まだ妊娠一ヵ月で、たぶん本人も気づいていなかっただろうって」

13

どんよりとした雰囲気のまま反省会がお開きになってみんなと別れたあと、おれはいったん帰路につきかけたが、思い直して独《ひと》り大学構内に引き返した。

今夜も三日前と同じ、星明りの一つもない曇り空。吐く息は心なしか、三日前よりも白い。居酒屋では結局、酒はひと口も飲まず、食べ物もあまり喉《のど》を通らなかった。そのせいもあってだろう、寒さがひとしお厳しく感じられる。

　向かった先は未来人間学部、である。夜もずいぶん更け、祭りのあとの学舎にはもはや人の気配もなくて……。

「ラララララーラ、ララララララララー♪」

　ふと、無意識のうちに自分が口ずさんでしまっていたメロディに気づいて、おれは思いきり自虐的な気分にならざるをえなかった。『ローズマリーの赤ちゃん』のテーマ——って、あのなあ、気持ちはまったく分からないでもないが、ああもう、何だかもう……。

　気を取り直して建物に踏み込んで、ライヴハウスに使われた一階の例の講義室を、まず覗いてみた。

　諸々《もろもろ》の機材はとうに撤収され、もとどおりの殺風景な教室に戻っている。急ごしらえのステージの上に倒れていた西さんの姿が、暗がりにぼんやりと見えてしまうような気がして、おれは慌てて何度も首を振った。

　この部屋のあの場所で、おれのギターの五弦と六弦を鷲掴みにしたまま息絶えていた彼女。あれが犯人による偽装工作であったのかどうか、その問題はさておくとして

――。

ギターの五弦と六弦が示す音階はAとEだから……と、確かそんな説が、事件直後の議論の中で出たっけ。途中で気づいたものの云いそびれてしまったけれど、それはしかし、あくまでもノーマルチューニングにおいての話である。

あのときのおれのギターは、その日のステージのために、ノーマルではなくてオープンGmの変則チューニングにしてあったのだ。つまりこれだと、五弦と六弦はAとEではなく、五弦はG、六弦はDなのである。

西さんはマネージャー呼ばわりされるくらいYZのバンド事情に通じていたから、この変則チューニングの件も当然、知らなかったはずがない。瀕死《ひんし》の状態でそこまで考えが及んだかどうかは疑問だが、仮に及んだのだとして、彼女の示したかったのがGとDなのだとしたら。

G・DあるいはD・G――このイニシャルを持つ関係者は、よりによってこのおれ、我猛大吾(Gamou Daigo)しかいない、ということになるわけで……。

……いや。

おれはそっと目を閉じて、自分に云い聞かせる。

これはきっと……違う。肝要な問題では、きっとない。偶然の悪意、あるいは姑息《こそく》な目くらまし（……って、何者による？）。――そんな気が、強くする。注目すべき問題はここにではなく、たぶんこの隣の、あの……。

講義室を出て廊下を引き返し、あたりに誰の姿もないのを確かめてから――。

若干の後ろめたさを感じつつ、おれは女子トイレのドアを開けた。

照明が消えていても、外灯の光が窓から射《さ》し込んでくるおかげで、視界が闇《やみ》に阻《はば》まれることはない。照明はそのまま点けずにおいて、おれは奥の洗面台の前まで、そろそろと歩を進める。三日前の血痕はすでに、すっかり洗い流されていた。

おれは窓のほうを見た。

問題は、ここだ。たぶん――。

ガラスに記されていた例の文字も、当然ながらもうそこには残っていない。

おれは腕を伸ばし、冷たいガラスの表面に指先を押しつける。ちょっと力を加えると、窓はきしきし、ぎしぎしと音を立てた。古くてだいぶガタがきているみたいだが――。

記憶にあるのと同じ位置に、みずから「D」と記してみた。指紋が検出されなかったということは、たとえばこう、爪《つめ》の先で引っ掻《か》くようにして書いたのかもしれない。

「『D』……か」

〝第一現場〟と思われるこの場に残されていた、〝第一のダイイング・メッセージ〟――。

「D」の一文字だけでは、あまりにも掴みどころがなさすぎる。単純に誰かのイニシャルだとしたら、該当するのはデアボリカ関谷のD、それから、またしてもおれ自身――我猛大吾のD、この二つしかないわけで……。

もちろん、続きを書けずに力尽きた、というパターンも考えられる。あるいはそう、本当は「P」と書きたかったのが「D」になってしまったということも……だとしたら、Pは〈ファントム〉(Phantom)のP、だったりして？……ううむ。

思わずそこでまた、『ローズマリーの赤ちゃん』のテーマを口ずさみそうになったのを大慌てで制御し、おれはさっきと同じようにそっと目を閉じた。

三日前に見たいろいろな場面が――人が、物が、それらの動きが――、瞼の裏に浮かんでは消えていった。いろいろな場面、いろいろな光景、いろいろな……。

……と、不意にその中の一つが、ある重大な意味をもって大写しになった。

「ああ……そうか」

呟いて、おれは深々と息を落とした。

「そういうことなのか」

【読者への挑戦】

推理に必要な材料は、この段階ですべて提出された――はずです。
犯人は登場人物の中の一人であって、共犯者は存在しません。地の文および犯人以外の人物の発言に、故意の虚言は含まれていないことも、条件としてここに明記しておきます。
ローズマリー西こと西あやみを殺したのは誰か？
推理のプロセスも明示のうえ、この問題にお答えください。

作者拝

＊　＊　＊

「うーん、何だかなあ」

「読者への挑戦」まで読みおえたところで、僕は原稿をテーブルに置いて呟いた。

「どうしろって云いたいの」

——と、これは今宵《こよい》この原稿を届けにきたとおぼしきあの青年への、詮《せん》ない問いかけだった。ここまで読んでみても、この「洗礼」という原稿が僕に届けられたことの意味をいったいどのように受け止めればいいのか、はっきり見えてこないのである。

ソファに寝転びながら、よくよくお馴染みであるはずの彼——U君の、あの小憎らしい顔を思い浮かべようとした。が、思い浮かんだとたんにそれは、なぜかしらぐにゃりと輪郭《りんかく》を崩し、色を失い……脳の血管を流れる甘ったるい砂糖水に溶かされるようにして消えてしまう。

「何だかなあ」

もう一度呟いて、テーブルの上の原稿に視線を投げた。

「何だかもう……ヌルい〝問題〟だし」

朗読用の〝犯人当て〟にしては、わりあいに枚数が多い。〝推理の問題〟として見るとしかし、どうも無駄なパーツが多すぎる気がするし、〝小説〟として見るといかにも青臭い。警察や鑑識関係のあれこれも非常にいいかげんだし……と、齢《よわい》四十五、キャリア十九年の中年ミステリ作家としては、いくらでも文句をつけたくなってしまう。

これなら、いつだったかの「どんどん橋、落ちた」だとか「ぼうぼう森、燃えた」だとか、ああいった莫迦話のほうが、いっそ潔くてよろしいのではないかしらん。

死にかけのカブトムシみたいに動きの鈍い、何やら全体にうっすらと靄《もや》が立ち込めたような頭の中で、のろのろとそんなふうに思ってみたりもする。

だが——。

仮にこの作中の「YZの悲劇」が、外枠冒頭の記述どおり、一九七九年当時に大学一回生であった「ぼく」によって書かれたものなのだとしたら……いや、それでもこれはいかがなものか、と思える。思えて、苛立ちとも腹立ちともつかぬネガティヴな感情が、もわもわと心のどこかから湧《わ》き出してきたりもして……。

物語の味つけに多用されている七〇年代までのホラー映画群にしても、これはちょっとなあ、と感ずる点が多々あった。

〈Yellow Zombies〉というバンド名については、偶然にも現在の本格ミステリ状況と微妙にリンクするニュアンスがあったりもするので、さほど感心はしないが目をつぶるとしよう。メンバーのステージネームに使われている映画のタイトルのうち、『ハロウィン』と『フューリー』はまあ無難《ぶなん》なところだし、『センチネル』なんかもわりに渋い選択だと云えるのだが、『デアボリカ』はいかがなものか。作中で語り手の「おれ」が『マニトウ』に突っ込みを入れるくだりがあるけれど、それを云うならまず『デアボリカ』を何とかしてほしい。他にもっと使えるタイトルはなかったのか。せめてそう、それこそ『サンゲリア』を持ってくるとか……あ、『サンゲリア』の日本公開は八〇年か。残念。

それから――。

大学や登場人物などのネーミング、これらは明らかに、楳図かずお師の『漂流教室』のパロディを意図したのだろう。僕としては決して悪い趣味だと思わないが、たとえば池垣君や美川さん、仲田君に若原先生の扱いはこんなふうで良いのだろうか。いったいどれくらいの読者に通用するお遊びなのかも、大いに疑問を感じざるをえないところで……。

……などと。

ついつい、つまらない物思いに引き込まれそうになるが、せっかくだからまあ、

「読者への挑戦」に対する答えも考えてみようか。——と云っても、問題篇を読みおえた時点ですでに、僕にはおおかたの真相が見えてしまっていたのだが。「ヌルい〝問題〟だし」と呟いたのは、だからだった。

西あやみを殺した犯人は十中八九、○○だろう。そう結論づける根拠も、問題篇を一読しただけでおおよその見当はついてしまう。

今夜、U君が姿を見せずに帰ってしまったのは、ひょっとしてそのせいだろうか。これしきの難易度の低い〝問題〟では、かつてのように僕を負かすのが難しいと踏んだから？——いやしかし、読む前にも感じたことだが、今回はどうも「どんどん橋」や「ぼうぼう森」のときとは事情が異なるようでもあるし……。

起き上がって、テーブルの上の原稿に手を伸ばした。そうして改めて、最初のページを開いて見直してみる。

洗礼

■■■■

「『洗礼』――か」

考えてみれば、なかなか意味深なタイトルではある。

作中の「ぼく」が、入会した大学ミス研の強者《つわもの》どもを相手に初めて自作の〝犯人当て〟を披露して、それで……ははあ、そういう意味での「洗礼」、なのか？ そういうことか？

判読不能になっている作者名「[redacted]」も、やはり気になる。無性に気になるが、しかし――。

まさかこれは……という、ありうべきその可能性からはなるべく目をそらそうとしつづけている自分に、今さらながら気づいた。

「ちょっと、もう……」

思わず呟いていた。

「勘弁してほしいなあ」

するとおもむろに、むずと疼《うず》きはじめる記憶があって、僕は少しく憂鬱な気分になる。煙草《たばこ》に火を点け、吐き出した煙とともにその気分を吹き払うと、とにかく原稿の続きを読んでしまうことにした。

＊　＊　＊

問題篇の朗読を終えると、参加者十二人のあいだでわいわいと相談が始まる——かと思いきや、予想に反して誰も坐った席から立とうとしなかった。

腕を組んで瞑目《めいもく》している者もいれば、頬杖《ほおづえ》を突いて「登場人物一覧」や「現場見取り図」に目を落としている者もいる。ペンや鉛筆を握って、それらの資料や自前のノートに書き込みを始める者もいる。

新入生が初めて作ってきた〝問題〟なのだから、誰とも相談はせずに独力で考えてやろう、とでもいう仏心——だろうか。

それでもしかし、ぼくはどうにもいたたまれない気持ちになってきて、解答用のレポート用紙を皆に配ってしまってから、

「制限時間は二十分、ということで」

そう云いおいて、いったん教室を出た。

ある程度の覚悟はしてきたものの、これはなかなかに過酷な試練である。このまま戻らずに姿をくらましてしまえれば……と、そんな誘惑にさえ、つい囚われそうになる。

基本的には「初体験だから」と開き直ってはいても、やはりあまりにも簡単に真相を云い当てられては悔《くや》しい。だが、これしきの〝問題〟が、ここに集まった面々にそうそう通用するはずもないだろう、と思う。もしかしたら、大半の者に当てられてしまうかもしれない。だったらだったで致し方ないとも思うが、ああもう、それにしても……。

立て続けに何本も煙草を吸って、じりじりと進む二十分の時間を過ごした。すっかりいがらっぽくなった喉をさすりながら教室に戻ると、すでに人数ぶんの解答が教卓の上に提出されていた。

それらに目を通すのはあとまわしにすることにして、ぼくはさっきと同じ椅子に腰かける。

「では――」と、こちらを見つめる一同の顔を、表情の観察などする余裕もなく見渡してから、解決篇の原稿を読みはじめた。

14

その夜もどっぷりと深まったころ、おれは意を決して彼の部屋を訪れた。

昔ながらの下宿屋がめっきり減って、大和大学の近辺でも年々増加中の、いわゆる学生マンションの一室。男の独り暮らしにしては小ぎれいに片づいたワンルームである。

「何だよ、こんな時間に」

まだ眠れずにいたらしい。彼は充血した目を訝しげにしばたたいた。

「大事な話があって」

おれはめいっぱい背筋を伸ばして、有無を云わさず部屋に上がり込んだ。「何だよ、もう」と不機嫌そうに呟きながらも何か飲み物を用意しようとする彼を、「どうぞお構いなく」と制して、

「女子トイレで見つかった血痕と、窓に記されていた『D』の件、知ってるでしょう？」

おれはいきなり本題に入った。

「あの『D』の意味が分かったんです。それだけじゃなくて、西さんを殺した犯人が誰だったのかも」

「ほ、本当に？」

彼は驚きを露《あら》わにして、おれの顔をまじまじと見直す。おれは無言で強く頷いてから、こう云った。

「『D』っていうのはね、ある単語の書きだし——最初の一文字だったんです。日本語じゃなくて、英語の。ロックバンドをやってるぼくたちにしてみれば、ごくごく身近な……」

「……って？」

彼——マニトウ高松こと高松翔太の顔色が、さっと蒼ざめた。

「それってまさか、『Drums』とか？」

「そのとおりです」

「まさか……」

「もちろんそうであると確定したわけじゃないですよ。デアボリカ関谷のDかもしれないし、我猛大吾のDかもしれない。どれであっても、べつに構わないと云えば構わないんです。でもね、『Drums』のDだろうと考えるのが、何て云うか、いちばんしっくりくるんですね」

「おいおい、当てずっぽうかよ」

「まあ、そう云わずに聞いてください。まだちゃんと先があるんですから」

部屋はエアコンの暖房が効いていて、小じゃれた楕円《だえん》形のローテーブルが真ん中に置いてあった。それを挟んで、おれと高松は向かい合って坐る。高松は落ち着きのない視線を泳がせながら、煙草に火を点けた。おれは話を進めた。

「あの女子トイレの窓ですけどね、他のトイレと同じで、旧式の滑り出し窓なんです。外側へ斜めに押し上げて、折りたたみ式のつっかい棒で支えるタイプの窓。でもって、これがもう相当に老朽化して、あちこちガタがきているような状態で」

「二階の男子トイレも、おんなじようなものだな」

「そうですね。これが一つ、云ってみれば事件の大きな要《かなめ》なんです。分かります？」

「さあ……」

首を傾げ、高松は憮然と煙を吐き出す。おれはさらに話を進める。

「ところで、ぼくは三日前——事件の夜、西さんにふられて〈ファントム〉で自棄酒を飲んで、頭を冷やすために散歩に出て、途中で高松君と咲子さんに出会って……その後、構内のベンチでしばらく休んでから、また〈ファントム〉に戻ることにした。思い立ったのが午後十一時半。実際に戻ったのは、それよりも何分かあと――たぶん十一時四十分ごろです。

　このとき、学部の建物の前まで戻ってきたところで偶然、ぼくは見ていたんです、よ。ちゃんとこの目で見ておきながら、ついさっきまでそのことに――そのことが示す重大な意味に気づけずにいたんです」

「見たって……何を。実はそのとき、犯人の姿を見ていましたとでも？」

「窓、です」

　と、おれは答えた。

「あのとき、ぼくは建物の正面入口の、向かって右手に並んだ窓がすべて開けっ放しになっているのを見て、ライヴハウスの換気をして閉め忘れたままになっているんだな、と思ったんです。ところがね、『向かって右手に並んだ窓のすべて』と云えば当然、あの女子トイレの窓もそこに含まれていたはずでしょう？　つまりですね、十一時四十分の時点であの女子トイレの窓は開いていた、という話になるんです。

　警察の絞り込みによれば、西さんが殺された時刻は十一時から十一時半のあいだ。十一時四十分には、彼女はもう殺されていたはずで、犯行時にもやはり、トイレの窓は開いたままだったに違いない。——いったいどうやれば、開いている状態の滑り出し窓のガラスに、ダイイング・メッセージを書き記すことができます？」

高松は顔を伏せ、黙って考え込んでいた。

「こう考えるのが正解でしょう」

おれは云った。

「女子トイレの窓の『D』は、西さんには書くことができなかった。あれは彼女が残したダイイング・メッセージではなくて、彼女以外の誰か——すなわち犯人の手になる偽物のメッセージだった、というわけです。さもあのトイレが犯行の〝第一現場〟であるかのように見せかけるため、さも犯行後に死体が隣の部屋に移動させられたかのように見せかけるため、犯人があとになって、閉まっている状態のあの窓にあれを書き記したのだ、という」

「——ははあ」

「偽のメッセージを記すさいには、自分の指紋が付いてしまわないよう細心の注意を払ったはずですね。文字から微量ながら西さんの血液が検出されたのも、きっと犯人の工作でしょう。たとえば、あの場に落ちていたハンカチに少し血を付けて、文字の部分に軽くこすりつけるとかして……。

では、犯人はなぜ、わざわざそんな偽装工作をする必要があったのか？」

問いかけて、すぐさまおれは、みずからその答えを示した。

「死体が発見されたライヴハウスが本当の殺人現場である、とみんなに確信させないため、です」

「それは……」

「それはすなわち、西さんがあの場で伝えようとしたメッセージのほうは偽物である、と思わせるためでもあった。裏返して云えば、彼女がぼくのギターの五弦と六弦を鷲掴みにしていた、あれこそがやはり、真《しん》に犯人の正体を示すダイイング・メッセージだったわけで……」

「ちょっと待てよ、我猛」

と、高松が口を挟んだ。

「じゃあ、トイレで見つかったっていう血痕はどうなるんだ。確かに西さんの血だったんだろ？　それも犯人の偽装工作だったと？」

「いえ、違うでしょう」

おれは静かに首を振って、頭の中ですでに組み立ててあった考えを話した。

「この事件の犯人は、云ってみれば出来事のあとへあとへとまわりこんで行動しているんです。初めから計画されていたことなんて、一つもなかった。すべてが、まぎらわしい——悪意に満ちた偶然の所産だったんだろうと思うんですよ。

西さんは頭部に二つの傷を負っていた。顔面の、鼻の上あたりに一つ。こちらには鼻血も含めて出血があった。もう一つは右側頭部で、これが致命傷になったものらしい。——と、この状況からたとえば、こんな推測をしてみることが可能です。つまり——。

あの夜、西さんは〈ファントム〉で酒を飲みすぎてしまい、気分が悪くなって一階のトイレに降りた。そこで、不幸なある事故が起こったんじゃないか。奥の洗面台の前で、たとえばふらふらと足がもつれて、あるいは足が滑ってバランスを崩し、前のめりに倒れ込んでしまった。そしてそのさい、洗面台の水栓の金具に顔面をぶつけてしまったわけです。傷のうちの一つはこれが原因で、出血してあたりに血痕が付いたのも、このときのことだった。ハンカチを落としたのもこのときです。ありえない出来事じゃないでしょう？

思わぬ事故に動転して、彼女は顔面の傷を押さえながらトイレからよろめき出た。そこで偶然、彼女に殺意を抱く人物と出くわしてしまったんですよ」

高松は「そんな……」と云ったきり、溜息をついて口を閉ざした。「ありえない出来事じゃない」と納得してくれたらしい。

「トイレの窓の問題に話を戻します」

と、おれは続けた。

「窓に記されていた『D』が偽装であったことは、さっきの検討で明らかになった。ところが一つ、それにしても不可解な点があります。なぜあの窓が、犯人が偽物のダイイング・メッセージを書いた時点では閉められていたのか？　ですね。犯人が自分で閉めたはずなんて、もちろんない。誰か他の人間が閉めたのなら、当然そこで西さんの血痕を見つけて騒ぎ立てたはずでしょう。——これではおかしい。窓を閉めた者がいない」

「…………」

「考えてすぐに、ぼくは思い当たったわけです。窓は閉められたんじゃない、閉まったんだ、ってね」

「——どういう意味だ」

「あの滑り出し窓、古くて相当ガタがきてるっていうこと、さっき確認したでしょう？　これが一つ、事件の大きな要だって」

「ああ……そう云えば」

「外側に窓を押し上げて、つっかい棒で支えてある状態というのも、だからきっと、それ相応に不安定なものだったと思われます。そんなところへあの夜、偶然にも起こったのが――」

高松が「あっ」と声を上げた。おれは「そう」と頷いて、

「あ、あ、あの地震です。あの揺れによってつっかい棒が緩《ゆる》むかどうかして、窓は自分の重さで閉まってしまった。ちょうどそう、高松君が警察の事情聴取を受けていたとき、でしたよね。確か午前一時半の出来事です」

15

「ねえ、高松君」

空っぽになった煙草の箱を握《にぎ》り潰《つぶ》すYZのドラマーを見据えて、おれは云った。

「何でぼくがこんな夜中に来て、きみにこんな話をするのか、もう分かってますよね」

高松は何とも答えようとしなかった。

「犯人に自首を勧めてほしいからです、もちろん」

「…………」

「高松君の口から、です。きみにはそうする責任があるはずだから」

なおも沈黙する高松の顔を、おれはぎりぎりと睨みつける。そして声を荒らげた。

「西さんの相手はきみだったんだろう？　今さら知らぬ存ぜぬはやめてよね」

「うう……」と低く呻《うめ》いて、高松は項垂れる。否定する気はなさそうだった。

「あの夜の地震のあと——と云えば、もう現場付近には警官が大勢うろうろしていたときです。彼らの目にまったく触れないであのトイレに入る、なんていう行動は不可能だったはずで……となると、地震で窓が閉まったあとにトイレに入って、窓に『D』を記せた人物はたった一人しかいないことになります」

「……ああ」

「それから肝心の、本物のダイイング・メッセージの意味。——西さんは薄れていく意識の中で、あたりに何か、犯人の正体を伝えられるものがないか探した。けれどもあのとき、あのステージにあったのは、ドラムスとキーボードとアンプ類と、その他にはぼくが置きっ放しにしておいたあのギターだけ、でした。彼女はギターに手を伸ばした。そしてある意志をもって、五弦と六弦の二本を、引きちぎらんばかりに鷲摑みにして、そのまま息絶えた。

思うにね、彼女はまさに、二本の弦を引きちぎろうとしたんじゃないでしょうか。それぞれの弦が持つ属性だの音階だの、そんなものは何の意味もなかった。六本ある、、、ギターの弦から二本を取り除いてしまおうという、あれは意思表示だったんですよ。六本から二本を取り除く。残るのは四本の弦、ですね。四本しか弦のないギターと云えば？　――そう。ベースギターです。

ところが皮肉にも、現場の様子を見てすぐさま、そのメッセージの意味を正しく読み取ることができたのは、当の犯人だけだったわけですね。ＹＺのベーシスト、センチネル咲子こと河田咲子、彼女だけが……」

16

三日前の夜、西さんがおれに云った「つきあってる人」というのは高松翔太のことだった。高松の告白によれば、二人の関係は九月の中ごろに始まったものらしく、それ以前から彼がつきあっていた咲子には内緒で、人目を忍んでの交際が続いていたという。

西さんの妊娠は、咲子はもちろん高松も、西さん本人もまだ知らなかったことで、だからそれとは関係なしに、高松はあの夜、咲子に別れ話を切り出した。理由を問われて、彼はありのままを打ち明けたのだという。

こうして恋人と女友だちの、云わば二重の裏切りを知らされた咲子は……って、ええいもう、面倒臭い。これ以上の、もっともらしい説明はべつに要らないだろう。

要するに咲子は並々ならぬショックを受け、恋人を奪った相手に対して激しい嫉妬《しっと》と憎悪を抱いてしまったという話である。

そうしてあの夜のそのとき、学部の建物に戻ってきたところでたまたま、咲子はトイレから出てきた西さんに遭遇した。ひどく酔っ払ったうえ、顔面から血を流してふらふらになっている恋敵の姿を見た瞬間、咲子の理性は吹っ飛んでしまったのだろう。傘立てにあった金属バットを引き抜いて隠し持ちながら、人目のないライヴハウスの中へと西さんを誘導して、そして………。

関谷による死体の発見で、事件が予想外に早く明るみに出てしまい、自分が知らぬうちに西さんが残していたダイイング・メッセージの意味を悟ったとき、さぞや彼女は驚き、うろたえたに違いない。警察が来て捜査が始まって、どうしたものかと考えあぐねるうちにあの地震が起こって……その後、他意もなくトイレに立ってあの血痕を見つけるに至った。そこでとっさに彼女は、窓に〝第一のダイイング・メッセージ〟を記して、こちらを〝第一現場〟に見せかけてしまおうという工作を思いついた。そしてそれを実行に移したあと、警官に血痕の発見を知らせたのである。

　咲子が窓に記した「D」は、何を示すものなのか？

　自分を裏切った「Drums」の高松に対する当てつけで、と考えれば多少はしっくりくるけれど、必ずしもそれが正解とは限らない。デアボリカ関谷のDかもしれず、我猛大吾のDかもしれず……何にせよしかし、本物のダイイング・メッセージから注意をそらすためだった、という構図には変わりがない。いずれ、咲子自身の口から真意が語られることだろう。


　独り暮らしの自分の部屋に帰り着くと、散らかった六畳間に敷きっ放しの寝床の上に、おれはぐったりと坐り込んだ。

　どうにもやりきれない気分だった。

　高松からの電話で、咲子は自首を決意したもようである。朝一番にでも、警察に出頭するつもりだという。

　当然ながら早晩、ＹＺは解散を余儀なくされるだろうが、それもやむなしか。咲子の問題だけじゃない。たとえ代わりのベーシストが見つかったとしても、おれとしてはもう、高松とこれまでどおりのつきあいを続けていける自信がないし……。

わずか半年足らずの、太く短いバンド生命でありました――か。

「あーあ」と溜息半分の声を洩らしながら、おれは枕もとに置いてあったノートを取り上げる。作詞用に使っている大学ノートで、ぱらぱらとページをめくるとやがて、書きかけていた新曲――「本格ゾンビの華麗なる逆襲」という歌詞のタイトルが目に入った。

「あーあ」と溜息半分の声をまた洩らしながら、おれはそのページを破り取り、くしゃりと丸めて屑籠《くずかご》に捨てた。

――了

その夜――。
独り暮らしの自分の部屋に帰り着くと、散らかった六畳間に敷きっ放しの寝床の上に、ぼくはぐったりと坐り込んだ。

「あーあ」と溜息半分の声を洩らしながら、枕もとに置いてあったノートを取り上げる。きょうの〝犯人当て〟を書くにあたって、アイディアやプロットのメモをしたためていた大学ノートである。ぱらぱらとページをめくりながら「あーあ」とまた声を洩らし、ぼくはノートを放り出した。

布団の横にくっつけて、小ぶりな電気炬燵《ごたつ》が置いてあった。これを机代わりに、寝床を座布団代わりにして、昨夜遅くまで四苦八苦して「ＹＺの悲劇」を書いていたわけだが——。

鞄を開け、中からお役目を終えた原稿と、参加者十二人ぶんの解答が入った封筒を引っぱり出した。原稿のほうはさっきのノートのそばに放り出してしまって、封筒から解答の記されたレポート用紙を取り出す。

炬燵台の上の、吸い殻でいっぱいになった灰皿に汚れたコーヒーカップ、ペンに修正液に原稿用紙……それらを隅に押しやると、十二枚の解答を重ねて目の前に置いた。

「——参ったなあ」

呟きながら、煙草をくわえた。

「いやほんと……参りました」

集まったこの、十二人ぶんの答え。そのすべてが、女子トイレの窓の「D」は犯人による偽装工作であることを、「開けっ放しになっていた窓」の記述から推理し、その窓が閉まったのは地震のせい、そこに「D」を書くことのできた人物は一人しかいない、本物のダイイング・メッセージはベースギターを示すものであって……といった要所をきちんと押さえたうえで、正解を導き出していた。正答率百パーセント、である。

ある程度の覚悟はしていたのだ。——が。

解決篇を発表しおえたあと、実際にこれら十二枚の完全解答を読んでぼくが受けたショックは甚大だった。悔しいとか不甲斐《ふがい》ないとか感じる以前に、何と云うのだろう、ほとんど呆然《ぼうぜん》としてしまった。

「全員正解、です。——お疲れさまでした」

やっとの思いでそう告げて、恐る恐る一同の反応を窺った。こちらを見る〝鬼〟たちの表情は、どれも穏やかでにこやかだった。

「まあ、初めてだからこんなものでしょう」

「私も最初のときは、ほとんどの人に当てられたんですよ」

「全員正解っていうのは珍しいけどね」

「普通に考えればちゃんと同じ答えが出るようにできてるってことだから、第一ハードルはクリアでしょう」

「手筋は決して悪くないし」

「次、頑張ってね」

　などなどと、散会後はそれぞれに優しげな言葉をかけてきてくれた。——のだけれど、そのあと流れた喫茶店では一転して、あそこのロジックがヌルい、ここの詰めが弱い、ミスディレクションが拙《つたな》い、この部分の組み立てには無理がある、総じて仕掛けが単純すぎる……などなどと、さんざんお叱《しか》り——と云うか、教育的指導を受けることとなった。

　いちいちごもっともでございます、と頷きながらも、やがてぼくはすっかり気分が滅入《めい》ってきてしまい、ひと足先に店を出た。ろくすっぽ睡眠もとらずに書き上げてきた作品が、正答率百パーセントの憂《う》き目《め》に遭ったうえ、何だかんだと文句をつけられて、まったく落ち込むなと云うほうが無理な話なのである。

　たかが〝犯人当て〟で、と笑うなかれ。——あ、いや、まあ確かに「たかが〝犯人当て〟」なのだから、べつにいいけど、笑っても。

　ともあれ——。

こうしてぼくの、生涯忘れられそうにない苦難の日は終わったのである。

その夜は、睡眠不足のはずなのになかなか寝つかれなかった。ようやく浅い眠りに入ると、曲名だけしか存在しないはずのＹＺのナンバー――「血まみれゾンビの秘やかな祈り」や「笑って！　マイケル・マイヤーズ」に加えて、これは実在する“PROFONDO ROSSO”や『ローズマリーの赤ちゃん』のテーマが混沌《こんとん》と入り混じり、物凄《ものすご》い大音響で頭の中を流れはじめて、そこになぜかしら、例会に参加した十二人の悪魔じみた哄笑《こうしょう》が重なってきたりもして……。

……もう二度と、こんな。

微睡《まどろ》みと目覚めの繰り返しの中、悶々《もんもん》と幾度も寝返りを打ちながら――。

もう二度と、こんな……犯人当て小説なんていうものは書かないぞ。一生涯、書かないぞ。書くものか。

――と、そう固く心に誓うぼくだった。

――了

＊　＊　＊

元K談社のU山さんの急逝《きゆうせい》を知らせる電話を受けたのは、翌日——八月四日の午後のことである。

亡くなったのは三日の夜。亡くなった場所は自宅の居間。必要があってしばらく家を空けていた夫人のK子さんが、四日になって帰宅して、そこで、好きなオペラのCDがぎっしりと並んだ棚の前に倒れて息絶えているU山さんを見つけたのだという。死因はまだ不明らしい。

あまりに突然の訃報《ふほう》に激しく驚き、激しく混乱する中で——。

U君のUは、U山さんのUでもある……か。

今さらのようにそんな考えが、新たな一つの呪《のろ》いめいて、相変わらず死にかけのカブトムシ状態が続いている頭をよぎった。

僕は愕然《がくぜん》として、ゆうべ届けられた「洗礼」の原稿を、ぞんざいに投げ出してあったテーブルの上から取り上げる。

——今このタイミングでこれが、というのにも、おそらく何か意味があるのでしょう。

原稿に添えられていた手紙の中の、何やら思わせぶりな文章。お世辞にも形が良いとは云えない、見憶えのあるカクカクとした文字で記された、あの……。

——世の偶然とは、概してそういうものですからね。

「ああ……もう、しょうがないなあ」

U山さんの永遠の不在、という悲しむべき現実に積極的なリアリティを感じられないまま、僕は原稿の最初のページを開いた。

ペントレイから中細の赤ペンを一本、選び取って握った。

そして——。

インクが滲んで判読不能の作者名「■■■■」——その上に重ねて、「綾辻行人」の四文字をしっかりと書き込んだ。

蒼白い女

初出——『讀賣新聞』関西版 二〇一〇年八月三十一日

「よみうり読書 芦屋《あしや》サロン」に寄稿した四百字詰め九枚の掌編怪談。発表時、登場する編集者の名前は「A氏」としていたのだが、これを本書では「秋守《あきもり》氏」に変更している。そうするとこの作品、実は「私＝綾辻行人」を語り手とする「深泥丘《みどろがおか》」連作の番外編なのだと分かる。時系列的には『深泥丘奇談・続々』(二〇一六年刊)所収の「減らない謎《なぞ》」の前に、本作のエピソードが位置することになる。

二〇一〇年夏の、ある夜の話である。

ふと目に留まったその女の顔に、私は思わず息を止めた。

何だ、あれは。

あの異様に蒼白《あおじろ》い顔は。

慌てて視線をそらした。何やら見てはいけないものを見てしまった。そんな気がしたからである。

「どうかしましたか」

テーブルの向こうで、秋守《あきもり》氏が首を傾《かし》げた。

「いや、べつに……」

言葉を濁《にご》しつつも私は、いま一度その女のほうを窺《うかが》ってみる。

ああ……やっぱり。

私たちがいるのは、フロアの奥半分に設けられた喫煙エリアのテーブル席だった。

問題の女は手前の禁煙エリアの片隅《かたすみ》に独《ひと》り、坐《すわ》っている。だいぶ離れた位置関係で、あいだに柱や衝立《ついたて》などの障害物も多くあるのだが、ちょうど私の席からは、彼女の上半身を視野の端《はし》に捉《とら》えることができるのだった。

いくぶんうつむき加減の姿勢で、微動だにしない。

白いシャツに薄紫のサマーカーディガンを着ていて、髪は茶色いショートボブ。年齢は二十代半《なか》ばくらいか。面立ちはどちらかと云《い》えば美人の部類……などと、そのようなディテールを云々《うんぬん》する以前に——。

とにかく蒼白い顔、なのである。

ひとめ見て、思わず息を止めてしまうほどに。あまりにも病的と云うか、生気が感じられないと云うか。

並びの席に幾人か客がいるので、彼らの顔と比べてみる。店内の照明はやや暗めの電球色なのだが、その中にあってやはり、彼女の顔だけが異様な蒼白さで、ぼうっと浮かび上がって見える。

ああ、何なのだろう。

正直、ひどく不気味な光景だった。

何なのだろう。あの女の、あの顔色は。

某社の担当編集者である秋守氏との会食のあと、いきなり降りだした物凄《ものすご》い雨から逃れて、ほうほうの体で飛び込んだ地下二階の店だった。この都市《まち》いちばんの歓楽街のどまんなかにあって、妙にひっそりと掲げられた木製の看板が印象的だった。

誰彼屋《たそがれや》珈琲《コーヒー》店

立秋を過ぎての熱帯夜。体温に迫る暑さと肌に粘《ねば》りつく湿気《しっけ》に逆《さか》らって、店内はきんきんに冷房が効いていた。

一緒に入った秋守氏はほろ酔いの上機嫌だったが、店に酒類が置いていないと知って少々がっかりした様子だった。下戸《げこ》の私としてはしかし、こういった喫茶店でひと息つけるのは大変にありがたい。

注文した珈琲をブラックのまま少し啜《すす》り、煙草《たばこ》に火を点《つ》けてやっと人心地ついた。そんなタイミングでふと、目に留まってしまったのである。禁煙席の片隅に独りいる、その女の顔が。

秋守氏と他愛《たわい》もない会話を続ける一方で、私はしきりに考えていた。女の顔色があんなに蒼白いのはなぜか、についてである。

可能性その一。彼女は非常に体調が悪くて、そのせいであんなに蒼白い顔色をしている。

可能性その二。彼女は健康だが、もともとあんなに蒼白い顔色をしている。

可能性その三。体調とは関係なしに、彼女はあのようなメイクをしている。

というふうに考えを進めていく中で、不本意なことにもう一つ、こんな「可能性」が頭を掠《かす》めた。

彼女は幽霊である。だから、あんなに蒼白い顔を……って、ああもう、そんな莫迦《ばか》な。

私はむきになって否定する。

幽霊だなんて、その可能性だけはない。決してあるはずがない。

作家としてはたまにホラー小説などを書いてはいるけれど、はっきり云って私は、まったく信じていない人間なのである。各種超能力も宇宙人の乗り物としてのUFOも、霊だの祟《たた》りだの呪《のろ》いだのの心霊現象も……そんなものは現実にはない、あるはずがない、という世界観をもって今までの何十年かを生きてきたのである。――なのに。

わずかながらとは云え、このときはそれに揺らぎが生じてしまったのだ。

　まさか……あれは幽霊？　あれが幽霊？

　もしかしたらこれが私の、初心霊体験なのだろうか。


　といった話は自分の胸だけに収めたまま、しばらくして私はトイレに立った。そうしてそのさい、わざと禁煙エリアを横切る通路を抜けていって、問題の女の様子を近くで見てみようとしたのである。

　結果、明らかになった事実――。

　なあんだ、と私は思い、同時に安堵《あんど》した。

　片隅のその席で彼女は、手もとで開いた携帯電話のディスプレイをじっと見つめていたのだった。要は、その画面が発する光の照り返しのせいで、離れた場所からだとあんなふうに顔が蒼白く浮かび上がって見えた、というわけである。

　なるほどなあ――と私は心中、独りごちた。

　まあ当然、そういう話だよなあ。

　幽霊なんてものはもちろん、現実にはいない。いるはずがないのだから。

　たとえわずかにせよ、あらぬ可能性を検討しようとした自分自身が、たいそう気恥ずかしかった。

いたのだろう。

「どうかしたんですか」

席に戻ると、秋守氏が訊《き》いてきた。先ほどから少々、私の様子がおかしいと感じていたのだろう。

「いやね、実は……」

私が事の次第を説明しようとすると、そこで秋守氏は「あっ」と声を洩《も》らし、

「すみません。ちょっと一本、電話しなきゃいけないところが」

上着のポケットから携帯を取り出した。――のだが、

「あ、圏外か」

すぐにそう呟《つぶや》いて、ディスプレイを閉じる。

「いいです、あとで」

圏外か、そうか。ここは地下二階だから、電波状況は良くないに決まっている。

私は自分の携帯を確かめてみた。秋守氏のとは違う通信会社の端末だが、こちらにもやはり「圏外」の表示が出ている。

何となく店内を見まわしてみた。金曜日の夜ということもあり、七割がたの席が客で埋まっている。

私たちの隣のテーブルには数人の若者がいて、彼らは手に手に、このところ普及の目立つスマートフォンを持っていた。そちらからもこのとき、「あれえ、ここ圏外かよ」という声が聞こえてきたりもして……。

「つながる」か「つながらない」か、通信会社による差はどうやらないようだが。

……あの女は？

おのずと気に懸かった。

電波の届かない店の片隅で独り、彼女は携帯のディスプレイを開いて何を見ていたのだろう。何をしていたのだろう。

可能性はいくつも考えられる。

その一。機械の設定を調整するなどしていた。

その二。すでに受信もしくは送信したメールを読み返していた。

その三。あとで送信するつもりのメールを作成していた。

その四。「圏外」でも問題のないその他の機能を使っていた。たとえばカレンダーやメモ帳、カメラやゲームなどなど……。

どれもありえない話ではない、と思う。

だがしかし、どれも何だかしっくりこない。どうしても強い違和感を覚えてしまう。

どんどんと気懸かりが膨《ふく》らんできたあげく、私はまたぞろ、彼女の様子を窺おうとしたのである。ところが、そのとたん。

店内のあちこちで鳴りだした、携帯の着信音。——さまざまな電子音にさまざまなメロディ、加えてバイブレータの振動音。おそらくは今このフロアにある携帯電話のすべてが、いっせいに……。

秋守氏の携帯も鳴っていた。

私の携帯も振動していた。

「圏外」なのに、いったいなぜ？

わけが分からないままに私は、自分の携帯を取り上げてディスプレイを開いてみた。するとそこには、まったく憶《おぼ》えのないアドレスからの、一通のメールが。

　どうして気づいてくれないの

禁煙席の片隅に独りいた蒼白い女の姿は、そのときもう、どこにも見当たらなかった。

人間じゃない
——B〇四号室の患者——

初出――『メフィスト』二〇一六年VOL.2

そもそもはオリジナルの漫画原作として考案したプロットだった。児嶋都《こじまみやこ》さんによって「人間じゃない」のタイトルで漫画化され、『綾辻行人　ミステリ作家徹底解剖』（二〇〇二年刊）というムックに収録されたのだが、いずれ小説化したいなと考えつづけていた。けれどもこの原作の「漫画だからこそ成り立つ仕掛け」を小説でどのように処理するか、という難題があって、ずっと手をつけあぐねていたのである。二〇一六年になってようやく書く踏ん切りがついたのだったが、結果としてこの作品、『フリークス』（一九九六年刊）にまとめた「患者」シリーズの番外編という形を取ることになった。

「まず、これを見てもらいましょうか」

そう云《い》って老医師が、書類入れから一枚の絵を取り出して机の上に置いた。八つ切り大の画用紙に2Bの鉛筆で描かれたその絵を見て――。

「うっ」

若い（と云っても、三十代半《なか》ばの）医師が声を洩《も》らした。机を挟んで向かい合った僕の顔を、そして窺《うかが》う。

「この絵は、あなたが？」

訊《き》かれて、僕は無言で頷《うなず》いた。傍《かたわ》らで老医師が説明した。

「入院後に病室で描かれたものです。同じような絵を何枚も……そのうちの一枚がこれ、なのです」

「ええと……なかなかその、お上手ですね」

若い医師は多分にショックを受けたようだったが、それをごまかすようにぎこちなく微笑《ほほえ》んだ。僕は応えた。

「絵を描くのは好きで……と云うか、あ、あ、あの事件が起こるまでは僕、漫画を描く仕事をしていたので」

「漫画家さん？」

「アシスタントを。アルバイトでときどき、でしたが」

「ははあ……」

そこに描かれているのは、一見して異常な光景だった。

異常な……ひどく残酷な、おぞましい光景。若い医師がショックを受けたのも無理はないだろう。これは――。

これはそう、今も脳裡《のうり》に焼きついて離れない、あの事件の現場の……。

若い医師は眉《まゆ》をひそめながら、まじまじと絵を見つめる。彼の目に今、この絵がどのように映っているか。――僕は想像してみる。

画面の中央に大きく描かれているのは、一人の若い女性である。顔の造作だけを取り出してみると、人並み以上にきれいな、整ったバランスの……しかし。

その女性が、この絵の中では見るも無惨な姿になっているのだ。こんなふうに――。

背中が後方に向けて、ありえない角度まで折れ曲がっている。胴体全体もいびつに捩《ね》じ曲がっている。両手両足も不自然に折れ、捩じれている。着ている服もろとも、それぞれが腕の付け根と脚の付け根で大きく裂けてしまい……ほとんどもう、ちぎれかけていい、ちぎれかけている。

頭部も両手足と同様、ちぎれかけている。首の皮膚を一部分だけ残し、かろうじて胴体につながっているような状態で……そして、そんな彼女の全身を染めた血！

あちこちの傷から噴《ふ》き出し、流れ出したおびただしい血液が、床に倒れた身体《からだ》の周囲にまで広がっている。そうしてできた血だまりは、他のどの部分よりも黒々と鉛筆で塗《ぬ》り潰《つぶ》されていて……。

「……これは」

若い医師は絵から目を上げ、ふたたび僕の顔を窺った。

「これは……なぜ、あなたはこんな絵を？」

僕は「おや」と思って、

「先生はお聞きになっていないのですか」

「あ、それはその」

「まだ何も話していないのです」

と、老医師が言葉を挟んだ。彼は昔からの僕の担当医で、名は大河内《おおこうち》という。

「まずはまっさらな状態で、あなたと向き合ってもらおうと思いましてね」

「――そうなんですか」

「そうなのです」

大河内は深々と頷いてみせた。

「ですから、よろしければ今から彼に、あなたの話を聞かせてあげてくれますか」

「僕の話……あの事件のことを？」

「そうです」

大河内はまた深々と頷き、それから若い医師のほうを見た。先ほど大河内から紹介されたばかりの、この医師の名は夢野《ゆめの》。老齢で引退が近い大河内の後任として今後、僕の担当を務める予定なのだという。

「私は席を外しましょう。このあとはしばらく、お二人で」

そう云って老医師は席を立ち、部屋（長らく僕が入院しているこの、精神科病棟のB〇四号室）を出ていった。

*

「では、聞かせていただけますか」

夢野医師が、居住まいを正して云った。

「あなたが描いたこの絵。これがその、『あの事件』に関わる何か、なのですか」

『関わる何か』じゃなくて――」

僕は答えた。

「これが『あの事件』そのもの、なんです」

「と云いますと？」

「これがつまり、あの事件の現場だったんです。あの日、彼女は――由伊《ゆい》はあの部屋の中で、こんなふうに……」

「……死んでいた？」

あえて「殺されていた」とは云わなかったのだろう、と思えた。

僕は肯定とも否定ともつかぬ首の動かし方をしてから、面《おもて》を伏せて長い溜息《ためいき》をついた。

ああ、また語らねばならないのか。もう何十回も何百回も語らされてきたあの事件の話を……しかしまあ、日がな一日この病室に閉じ込められているだけの僕である。

「状態が悪い」と判断されたときには、長期間ベッドに拘束されることもある。机や椅子《いす》が撤去されることもある。ここしばらくは「落ち着いた状態」と見なされているようだけれど、だからと云って、外出の自由が認められるわけでもない。ラジオの一台も与えられていないし、読む本も制限されている。

どうせ他に何をすることもないのだから、新しい医師を相手に改めてあの話を……というのも悪くないか、と思う。少なくとも暇潰しにはなるだろう。

「話してください」

夢野が云った。

「あなたの心を整理する意味でも、できればなるべく詳しく」

自分の心の整理はとうにできているつもりなのだが、と思いつつも——。

「分かりました」

おもむろに顔を上げて、僕は口を開いた。

「この事件の現場は」

机の上の絵に視線を投げながら、そして僕は語りはじめたのである。

「あの家のこの部屋は……密室、だ、だ、だったんです」

＊　＊　＊

1

その部屋は、密室だった。

内側から厳重に施錠されていて外からは容易に開けることのできない、分厚い木製のドア。恐ろしい予感に囚《とら》われつつ、僕たちがそのドアを破って室内に踏み込んだとき、そこには予感した以上に恐ろしい光景が待ち受けていたのだった。

畳敷きで十数畳ぶんの広さがある、洋風の寝室。正面奥に据えられたセミダブルのベッド。このベッドの脇の、板張りの床の上に、彼女が……。

「……由伊」

僕は呻《うめ》くような声を洩らしたが、それからすぐに叫んでいた。

「由伊ちゃん!?」

呼びかけても無駄だ、返事があるはずはない――と、ひと目で分かるありさまだった。しかしそれでも、呼びかけずにはいられなかったのだ。

彼女は――由伊はそこで、あまりにも無惨な姿に変わり果てていた。のちに僕が描いた絵のように……。

……ありえない角度に折れ曲がった背中。いびつに捩じれた胴体。折れて捩じれて、ほとんどちぎれかけた両手両足。手足同様にちぎれかけた頭部。——そして。

そんな彼女の全身を染めたおぞましい色！

周囲の床に広がり、さらには壁やベッドにまで飛び散っている。手足や頸部《けいぶ》、腹部の傷から噴き出したと察せられる、あれは？　あれは彼女の血、なのか。ああ、まさか……いや、しかし……と、そこで僕はあえなく思考停止してしまう。そうならざるをえなかったのだ。

「こ、こ、これは」

一緒にドアを破って中へ踏み込んだ譲次《じょうじ》が、そう云ったきり言葉を失った。

「いやあっ！」

恐る恐る室内に入ってきた桜子《さくらこ》が悲鳴を上げ、問いかけた。

「何なの、それ……死んでるの？」

「見れば分かるだろう」

必死で冷静になろうと努《つと》めながら、僕が答えた。近寄って、呼吸や脈搏《みゃくはく》の有無を確かめてみるまでもない。

「こんな、ひどい……いったいどうして、こんな……」

目をそむけたくなるような惨状にいま一度、目を向けてみる。

折れ曲がり、捩じれた身体。ちぎれかけた四肢と頭部。あたりを染めたおぞましい色。加えて——。

室内には異臭が立ち込めていた。腐臭や汚物のにおいともまた違う、けれど胸が悪くなりそうな、不快な臭気が。……何もかもが尋常じゃない。まったく尋常じゃない。

「どうしてなの。どうしてこんな……」

「これって」

譲次が口を開き、もつれる舌で続けた。

「これって……こんなのって、ありえないよ。こんなの、人、人間、じゃ、ない、ない！　人、間、じゃ、ない、いものの……」

「人間じゃないもの」の……ああ、何だと云いたいのか。

「ほんとだったのね、ゆうべこの娘《こ》が云ってたことは」

桜子が肩を震わせた。

「こ、こ、ここには人間、じゃ、じゃないい、いものが、か、いる、って、いう」

「人間じゃない、もの……」

僕はまた呻くような声を洩らした。

「そうなのかもしれない。そのとおりなのかも……」

彼女の――由伊の肉体はまさしく、何か異常な、人ならぬものの怪力によって破壊されたようにしか見えなかった。どう考えても、事故死や自殺ではない、ありえない。むろん病死でもありえない。すると当然、彼女は何者かに殺されたのだという話になる。しかし……。

「……密室、だった」

周囲を見ながら、僕は懸命に心を鎮《しず》めて現実的な分析や解釈をしようと努めたのだ。

「この部屋は、密室だったのに」

凶器とおぼしきものは何一つ見当たらない。犯人が持ち去ったのか。あるいは、犯人は凶器を使わず、素手で彼女の身体をこんなふうに引き裂いたのか。

「窓は閉まっている」

部屋に二つある上げ下げ式の窓を、僕は指さした。どちらも施錠されたうえ、頑丈な板が何枚も内側から釘《くぎ》で打ちつけられている。これは以前からこのようにして塞《ふさ》がれていたのだが、板を剝《は》がしたり壊したりした形跡は見られない。

「そして、このドア……」

　この部屋のドアには内側から鍵《かぎ》がかかっていた。それも一つだけではない。ノブに組み込まれたシリンダー錠以外にも、掛金や閂《かんぬき》などのさまざまな内鍵が、全部で八つも。それらのすべてが施錠状態にあったのだ。なのに――。

　さっき僕たちが、このドアを斧《おの》で打ち破って踏み込んだとき、室内には変わり果てた由伊の他には何者の姿もなかったのである。

　密室。――まさにそう、この惨劇の現場は完全な密室だったのだ。

2

　僕たち四人がこの家にやってきたのは、その前日――八月初旬の、金曜日の午後のことである。海辺に建つこの別荘でちょっと刺激的な週末を過ごそう、というのが当初の僕たちの目的だった。

　僕こと山路悟《やまじさとる》は当時二十四歳、K＊＊大学の大学院生だった。修士課程の二年めで、文学研究科の某研究室に所属する傍ら、アルバイトでときどき漫画家のアシスタントをしていた。叶《かな》うならばいずれプロの漫画家になりたいという気持ちもあったたから、大学院への進学はなかばモラトリアムを求めて、だったのだと思う。

　他の三人のうち、一人は鳥井《とりい》譲次という高校時代の同級生。大学は別々だったが、彼は普通に四年で卒業して、ＩＴ関係の企業に就職していた。昔からの友人で親しいつきあいが続いていたのはこの時期、彼くらいだったように思う。

　あとの二人は女性で、一人は若草《わかくさ》桜子。譲次が今年になって知り合ったという年下のＯＬで、彼女と譲次は「ほぼ恋人」の関係らしかった。

　そして、四人めが咲谷《さきたに》由伊だったのだ。僕が所属する研究室の、院生と学部生の共同ゼミにこの春から入ってきた学生。三年生だから、年齢は二十歳か二十一歳か……。

〈星月荘《せいげつそう》〉と呼ばれる別荘である。

　もともとの所有者であった僕の伯父の命名だが、伯父の死後、彼の弟である僕の父親がこの家を相続したのが五年ほど前。以来、ろくな保守管理をしていない現状も手伝って、付近では「お化け屋敷《やしき》」呼ばわりされていると聞いていた。造り自体はなかなか洒落《しやれ》た洋館風の家なのだが、五年間の放置ですっかり荒れ果てているのだろう。

　この星月荘で夏の週末を過ごそう、と云いだしたのは譲次だった。

「山路んちの例の別荘、とある筋では有名なんだよなあ」

「とある筋？」

「心霊スポットとして、さ」

「うーん。『お化け屋敷』とは云われてるらしいが……そんなに？」

「ネット上のその手のサイトで、写真入りで紹介されてる。誰も住んでいない廃屋《はいおく》同然の家なのに、夜中に明りが灯《とも》って、怪しい人影が見えることがある、とか」

「へえぇ」

「夜中にあの家へ忍び込んで肝試しをした連中がいて、その後その中の一人が不審な死を遂げた、とか」

「関係者的には嬉《うれ》しくない噂《うわさ》だね」

「まあそういうわけで……だからつまり、ここは一つ、この目で確かめにいこうや」

「荒れ放題なだけで、お化けも幽霊も出ないと思うよ。べつに奇妙なからくり仕掛けがあるような〝館〟でもないし」

「しかし、ちょっとしたいわくはあるんだろう？　前にちらっと云ってたじゃないか」

「ああ……まあ」

「親父《おやじ》さんが許可してくれない？」

「いや、そんなことは……」

「じゃ、決まりだな」

譲次は声をはずませた。

「知り合いの女の子も一緒に連れていきたいんだけど、いいだろう」

「他人《ひと》の別荘でデート、か」

「その子もその、心霊スポットとかそういうのに目がなくてさ。なあ山路、頼むよ」

そこまで云われると、無下に断わるわけにもいかなかった。古い友だちのよしみである。

自分も長くあの家には行っていないから、ちょっと様子を見てみたい気もした。持ち主である父親はきっと、何かにつけてそうであるように、無関心な顔で「好きにしなさい」と云うだけだろうし……。

そこでもう一人、声をかけてみたのが咲谷由伊だったのだ。

教室では人並み以上に真面目《まじめ》で、礼儀正しい学生だった。一方、外見は実年齢に比べてずいぶん幼《おさな》い感じで、万人受けする華やかさとは無縁の、どこかしら儚《はかな》げな雰囲気があって……ゼミのコンパで話しかけてひとしきり言葉を交わし、メールアドレスも交換して、それなりの親交を持つようになった。彼女のほうは、漫画家のアシスタントという僕の副業に、少なからず興味を引かれているふうでもあった。

そんなわけで、大学が夏休みに入る直前、思いきって誘ってみたのである。

「怖い家、なんですか」

最初、彼女は及び腰だった。

「ええと……わたしそういうの、苦手なんですけど」

話すうちにそれが「じゃあ、行ってみようかなぁ」という反応に変わっていったのは、彼女が僕に対して、多少なりとも好意を持ってくれていたからなのだろう。星月荘の所在地がたまたま、彼女の帰省先の隣町で……という偶然も重なった。

あわよくばこの機会に彼女との関係を深めて……と、そこまでの下心は不思議となかった。自分が彼女に対して、春に初めて会ったときからある種の魅力を感じていたことは否定できない。だが、それがいったい恋愛感情に発展しうるものなのかどうか、自分でもまだ測りかねていた気がする。

金曜日の夜に来て二泊、の予定だった。歩いて行けるところに海水浴場もあるから、夏休みのささやかなレジャーとしても無理なく成立するだろう。そう考えていた。

ところが……。

3

「伯父の山路和央《かずお》は、云ってみれば異端の研究者でね、若いころは文化人類学を専攻して海外を飛びまわっていたんだけど、その後、興味がずいぶん突飛な分野へ向かってしまって、学会からはつまはじきにされていたらしい。生涯独身を通した人で、晩年はこの別荘に閉じこもって、ほとんど隠遁《いんとん》生活を送っていたっていうんだが……」

前夜の夕食の席で、僕はそんな話を三人にした。譲次には昔、ざっと話したことのある内容だったが、初めて聞く女性二人はいくらか戸惑っているふうだった。

「晩年の伯父は結局、孤独のうちに精神《こころ》を病んでしまったようで……五年前にみずから命を絶ってしまったんだ」

「自殺を？」

と、桜子が驚き顔で訊いた。

「そう。遺書も残さずに」

と、僕はしかつめ顔で答えた。

「精神を病んで、なんですか」

「医者の診断があったわけじゃないんだけれども、あとで分かった諸々《もろもろ》の事実を考え合わせると、そうとしか……」

かく云う僕にしても、伯父の顔はよく憶《おぼ》えていなかった。あまり親戚《しんせき》づきあいをしない人だったというから。子供のころに遊んでもらった記憶が、かすかに残っているくらいで――。

「この家に引きこもるようになってからの伯父は、いつも何かに怯《おび》えていた、何かを恐れていた、という話でね。ひどく……病的なまでに。だからほら、この家はこんなふうなんだよ」

「こんなふう？」

「気づいてるだろう、当然」

云って僕は、桜子から譲次へ、譲次から由伊へ、と視線を移動させた。

「部屋の窓が」

おずおずと答えたのは由伊、だった。

「窓が全部、塞がれてますよね」

「そう」

僕は頷き、このとき僕たちがいた食堂兼居間の、海側の壁に並んだ窓のほうへ目を投げた。窓にはすべて、内側から何枚もの板が釘で打ちつけられている。

「これってその、伯父さまが生前に？」

由伊に問われて、

「そうなんだ。基本的には伯父が亡くなったときのままにしてあって」

僕はいくぶん口調を強くした。

「ここだけじゃなくて、家中の窓が同じように塞がれているんだよ。なおかつ、書斎にも寝室にも……どの部屋のドアにも鍵が、少なくとも三つ以上は付いている。中から施錠して閉じこもってしまえるように。玄関のドアもそうだったろう？」

「誰かが襲ってくるとか、そんなふうに思い込んでいたのかな」

と、譲次が云った。

「誰かが、と云うよりも何かが、ね」

と、僕はわざと凄《すご》んでみせた。

食事のときから僕たちは皆、持ち込んだ酒を調子良く飲んでいて、この時点でもうかなりの程度、酔いがまわっていたようにも思う。その勢いもあったから、このときの僕の話に多少の誇張《こちょう》や創作が含まれていたことは認めなければならない。

「遺書はなかったんだが、残っていた日記や研究ノートのたぐいを読むとね、どうやら伯父は、何て云うか、この世ならぬ何ものかの存在を真剣に信じて、恐れていたみたいなんだよね」

「この世ならぬ……って」

譲次が眉をひそめると、その隣で桜子が、

「幽霊とか、ですか」

何やら嬉々《きき》として声を上げた。

「やっぱりこの家、幽霊が出るのね」

「いや、それはどうかな」

僕はまた、わざと凄んでみせた。

「いくら窓をぜんぶ塞いでもドアにたくさん鍵をかけても、幽霊が相手だったら意味がないのでは？」

「でも……」

「伯父が恐れていたのは幽霊のたぐいではなかった。そのことは確かだと思う」

云って、僕は左右に首を振った。

「この世ならぬ……と云っても、幽霊なんかよりもっと得体の知れない、それでいて実体のある何か。その襲撃を本気で恐れて、この家に閉じこもっていたんじゃないかと」

「襲撃……」

「〈星月荘〉と名づけたくらいだから、この別荘を建てた当初は、海辺の家で星や月を愛《め》でる、というふうな気持ちがあったんだろうね。月見台と称した広いヴェランダも、二階には造られていた。なのに、ある時期からそこに出るドアも塞いでしまって」

「ふうん。確かに精神を病んでおられたっぽいな」

譲次が顎《あご》を撫《な》でた。

「——んで、五年前にとうとう自殺、か。二階の書斎で首を吊《つ》って、だったっけ」

「ナイフで自分の喉笛《のどぶえ》を掻《か》き切って、だよ。ドアに取り付けられていた五つの鍵をすべてかけたうえで、ね」

「うーん。じゃあ、この家に出るっていうのはやっぱり、その伯父さんの幽霊なのかな。今夜も出るかな」

「いやだぁ。こわーい」

桜子がまた嬉々として、譲次の腕にしがみついた。自分で煽《あお》っておきながら僕は、あまり愉快とは云えない気分で咳払《せきばら》いをした。

4

日が暮れたころから、外では雨が降りだしていた。時間が経《た》つにつれて雨はどんどん激しくなった。風も強く吹いてきて、さながら嵐《あらし》の様相を呈《てい》しはじめ……おかげで暑さがずいぶん和らいで、エアコンを点《つ》ける必要がないほどにまで室温も下がっていた。

そんな中――。

「わたし……何だか、いや」

突然、由伊がそう呟《つぶや》いたのだ。

「ここ……この家……」

見ると彼女は、四人が囲んだダイニングテーブルの中央あたりに視線を固定し、堅く唇《くちびる》を引き結んでいる。もとから血の気の少ない顔色がいっそう白く、蒼《あお》ざめているようにも見えた。

「もう、わたし……帰りたい」

彼女もこの夜、勧められるままにけっこう酒を飲んでいた。その酔いも手伝ってのことなのだろう、と思えたが。

「由伊ちゃん」

僕は慌てて云った。

「どうしたの、いきなりそんな」

「いやなの、わたし……怖い」

彼女の視線は自分の膝《ひざ》もとに落ち、僕たちのほうを見向きもしない。何だかとても思いつめた表情。とても緊張し、あまつさえ何かにとても怯えているような。

「あれえ」

譲次が肩をすくめた。

「マジで怖がってるんだ、彼女」

「幽霊、怖いの？」

と、桜子が訊いた。由伊は何とも答えずにうつむいていたが、しばらくして——。

「人間じゃないいものが、いる」

ゆっくりと顔を上げ、かすかに震える声でそう訴えたのだった。

「何だ、それ」

と、譲次が首を傾《かし》げた。

「ここに……この中に」

由伊が云った。

「いるの、人間じゃないものが。――分かるの、わたし」

アルコールが入っているにもかかわらず、彼女の顔はいよいよ血の気を失い、いよいよ蒼ざめて見える。大きく開いた目の焦点が、まるで定まっていない。何だか……そう、何かに取り憑《つ》かれでもしたかのように。

「大丈夫？」

桜子が由伊の顔を覗《のぞ》き込んだ。

「咲谷さんって、不思議ちゃん？」

冗談めかした桜子の言葉を聞いて、けれども僕は内心、頷いていた。

この春にゼミで知り合った当初から、確かに僕は、彼女にその種の属性を感じていたように思う。「不思議ちゃん」は多少ニュアンスが違う気がするが……あえて云うなら、いわゆる「霊感少女」的な。声高に「わたしには見えるんだ」というふうなことは云わない――少なくともこれまで僕は聞いた憶えがない――が、それでも何となく感じ取れた。

ときどき〝現実〟から離れてあらぬものを見つめているような、奇妙なそぶり。基本的には幼く儚げな少女のイメージ……なのに、ときとしてその顔に覗かせる、ぞくっとするような妖《あや》しい色。教室での発言でもたまに、まわりが驚くような鋭い直観力を示したり……と、そんなところも含めて、僕は彼女に惹《ひ》かれていたのだろうと思う。——しかし。

このときのような……ここまで危うい感じの由伊を見るのは初めてだった。

「『人間じゃないもの』って、何なのかな。どういうものなのかな」

僕がやんわりと問うてみた。由伊はふたたび顔を伏せて答えた。

「分からない。——分かりません」

「幽霊のこと？」

「——違います」

「じゃあ、何なの」

「——分からない」

由伊は顔を伏せたまま、のろのろと首を振りながら、「でも——」と続ける。

「でも、本当にいるんです」

「と云われてもなあ」

譲次が肩をすくめた。

「いきなりそんなふうに云われてもなあ」

「本当なんです。本当なの……」

由伊は声を震わせた。

「……いる。いるの。そう感じるの」

「この家の中に、そいつがいるって？」

と、譲次が訊いた。すると由伊は、

「この中に」

呟きながら少し顔を上げて、

「この中……もしかしたら、ここにいるわたしたちの中に」

「はああ？」

「ちょっと待ってよ」

と、桜子が云った。由伊とは対照的に、アルコールがまわってすっかり上気した頰《ほお》に片手を当てて、

「じゃあ何？　あたしたちの中の誰かが、実はその、あなたがさっき云った『人間じゃないもの』で……それが人間になりすましてるとか、そういう話？」

「ああ……よく分からない。でも……」

「何かそれ、莫迦莫迦《ばかばか》しい感じ」

桜子の反応はけんもほろろだった。さっきのありきたりな幽霊話には、あんなに単純に喜んでいたくせに――。

「ねえ、由伊ちゃん」

全否定したりからかったりする気にはなれず、僕は訊いてみた。

「その『人間じゃないもの』って、具体的には何なのかな。幽霊……じゃないんだよね。だったら何？　妖怪《ようかい》とか宇宙人とか？」

「それは……」

由伊は言葉を切り、蒼ざめた額《ひたい》に両手を当てた。――とたん。

外で続く風雨の音に覆《おお》いかぶさって突然、雷鳴が轟《とどろ》いたのだ。その影響なのかどうか一瞬、部屋の照明がすべて消えてしまい、あっと思った次の瞬間にはもとに戻り……。

「……ばけもの」

由伊の口からぽつりと、そんな言葉が洩れ落ちた。

いつのまにか彼女は両手を額から離してテーブルの端《はし》に置き、上半身を前後に揺らせていた。動きに合わせて長い黒髪も揺れていた。両目を閉じ、表情は彼女自身の意志が抜け落ちたように虚《うつ》ろで……。

「化物？」

と、僕が訊いた。

「何なの、それ」

「ばけもの……ずっと昔からいる、人間じゃないもの」

目を閉じたまま、虚ろな表情のまま、抑揚《よくよう》の乏《とぼ》しい声で答える由伊。こういうのをトランス状態とでも云うのだろうか。

雷鳴がふたたび轟き、部屋の明りがまた一瞬、消えた。桜子が小さく悲鳴を上げた。

「どんな化物が？」

続けて僕が訊いた。

「吸血鬼とか狼男《おおかみおとこ》とか、そういう？」

「名前は……ないの」

映画か何かで見たことのある霊媒師さながらの動きと声で、由伊は答えた。

「誰も、知らないから。誰にも知られずにそれは……大昔から、ずっと……」

……ああ、そう云えば。

伯父が残したノートの中に、何となく似たような記述があった気が……いや、これは僕の記憶違いだろうか。

「……人間の中に、混じり込んでいるの。誰にも気づかれないように。でも、一度それが姿を現わすと、もう……」

「もう……どうなるの？」

僕が訊いたとき、またしても雷鳴が轟き、今度は先の二回よりも長く照明が落ちた。そしてそれとともに、由伊の言葉も途切れてしまったのだった。

5

気まずい沈黙が、一分以上も続いた。

由伊はテーブルに両肘《りょうひじ》をついて深く頭を垂れ、少しも動かなくなっていた。まるで電池が切れでもしたように。

「お、俺」

しばらく黙り込んでいた譲次が、何やら意を決したように口を開いた。

「俺さ……俺、今の話、聞いたことがある」

「んんっ？」

「聞いたって云うか、ネットでたまたま見つけたサイトに、何だかその、似たような記事があって」

「ネットのサイト？　もしかして由伊ちゃんもその記事、読んだの？」

僕が訊いても、由伊は頭を垂れたまま何とも答えない。まさか気を失っている？　と心配になったが、そういうわけでもなさそうだった。頭はテーブルに触れていないし、呼吸に合わせてしっかりと肩が上下している。

そんな彼女の様子をちらちらと窺いつつ、譲次が続けた。

「その記事によると……」

今さっき由伊が、トランス状態（？）で語ったのと同様に――。

それは大昔から人間の中に混じり込んできたもの、なのだという。

ヒトという生物の内部に隠れている、ヒトならぬもの。人類が長い年月のうちに進化してきた、その当初から、その裏側にぴたりと貼《は》り付くようにして存在しつづけている〝影〟のごときもの。――そのものを表わす言葉として、譲次の口から出たのもやはり「化物」だった。

「人間の中に潜んでいながら人間とは似ても似つかない、ありていに云ってまあ、化物だよな。ただ――」

譲次はちょっと間《ま》をおき、寒くもないのに幾度か洟《はな》を啜《すす》り上げた。

「たとえそれが内部に潜んでいても、表には現われないまま普通の人間として生きて、自分でも気づかないままに人間として死んでいく場合が多いらしい。だけど、中には途中で〝目覚める〟やつらもいて……そうなったらもう、どうしようもないんだってさ」

「どうしようもない、とは？」

「それまで人間だったものが急激に変化して化物になって、凶暴化して……」

「凶暴化して？」

「人間を襲って、殺して……喰《く》う」

どこまで本気で云っているのか、表情や口ぶりからだけでは判じかねた。

まったくの冗談というふうには見えない。だが、真に受けるにはあまりに突拍子もないと云うか……いや、むしろ何だか、既存の小説や漫画、映画などに出てくるそのようなもののイメージが重なってきすぎて、譲次の「本気」がどうしても疑われてしまう。

「ひょっとしたら」

と、それでも譲次は真顔で続けた。

「山路の伯父さんが晩年、恐れていたっていう『何か』も、実はそれだったりして。研究の途中できっと、それの——そいつらの存在に気づいてしまったんだ。だから……」

「何でもかんでも結びつければいいってものじゃないだろう」

僕は自戒も込めてそう云った。

「しょせんはネット上のトンデモ話だろ」

「トンデモじゃない！」

と、このとき声を上げたのは桜子だった。

「譲次君、そんなにお莫迦さんじゃないし」

「桜子さんがそう云ってもなあ」

「って、何よ。あたしのことも莫迦にしてるの？」

急に怒りのスイッチが入ったような彼女の剣幕に、僕はいささかたじろいでしまい、

「まあまあ」

と、声を和らげてなだめにかかった。

「じゃあまあ、そういう秘密が実は、この世界には潜んでいるのかもしれない、その可能性は全否定できない、ということにしようか。ただ、今のところ僕たちは誰も、それが実在する証拠を見てはいないわけだからね。真偽の判断は保留……」

「もう一つ」

と、そこで譲次が云った。

「そのサイトにもう一つ、こんなことが書いてあったな」

「どんな？」

「そいつらの、成長の仕方について」

「と云うと？」

「そもそも『人間じゃないもの』であるそいつらは、いったん〝目覚めて〟しまったら、人間とはまるで違う〝成長〟を始めるらしいんだ。違うっていうのはつまり、〝成長〟の仕組みが……」

譲次の言葉を叩《たた》き切るようにそのとき、異様な声が響いたのだ。

深々と頭を垂れたままの由伊がとつぜん発した声、だった。

言葉にはならない声。悲鳴とも叫びともつかぬ、ただ感情が――激しい恐怖の感情が、限界に達して暴発してしまったような声。

「ひいいいぃいぃいっ！」

「由伊ちゃん？」

「咲谷さん？」

僕と桜子が同時に立ち上がり、由伊のそばに駆け寄った。おりしもまた、外で雷鳴が轟いた。部屋の照明が不安定に明滅した。

「大丈夫かい、由伊ちゃん」

僕が肩に手を置いて問いかけても、

「しっかりして、咲谷さん」

桜子が手を握って呼びかけても――。

「ひいいいいいぃいぃいぃ……」

由伊はさらに異様な声を発しつづけた。

垂れた頭をしきりに振り動かす一方で、身体は石のようにこわばっていた。心の底から何かに怯えている、恐怖に憑かれている、というふうに。

「……怖い」

と、やがて声が言葉になって落ちた。

「怖い……怖い」

「大丈夫だよ」

僕は肩に置いた手に力を込めて、

「そんな化物、ここにはいないから。大丈夫だから。ね、由伊ちゃ……」

はっとしたように一瞬、目を見開いて僕のほうを見上げたものの、由伊はすぐに強くかぶりを振って、「いやっ！」と叫んだ。

「もう、いやっ。ここはいや。いやなの」

「由伊ちゃん」

「いやっ！　いやよっ！　……」

取り乱す由伊を三人がかりでなだめすかして、二階の奥にある寝室へ連れていったのが午前零時前。ドアにいちばんたくさんの内鍵が取り付けられている部屋、だった。それを示して、少しでも彼女の不安を抑えられれば、と思ったのだ。

「これだけ厳重に戸締まりができるんだから、心配ないよ。――ね？」

怯える由伊に、僕はそう云って聞かせた。

「万が一、何かが来たとしても安全だから。部屋には入ってこられないから。――だからね、安心してここで眠って。分かったね、由伊ちゃん」

それから三十分も経ったころには、残った僕たち三人も休もうという流れになった。

この家にあと二つある寝室は譲次と桜子に譲ってしまい、僕は居間のソファで眠ることにして——。

朝にはきっと由伊の状態も落ち着いて、どうかすると前夜の騒ぎも忘れてしまっているだろう。そう考えて、と云うか、無理やりそう自分に云い聞かせつつ、どうにかこうにか眠りに就《つ》いた僕だったのである。

ところが……。

6

目覚めたのはまだ夜明け前だった。とっさに腕時計を見て、午前四時半という時刻を確かめていた。

物凄い叫び声がそのとき、聞こえてきたのである。

二階からだ、と直感した。二階のあの寝室から聞こえてくる、これは由伊の叫び声なのだ、と。

単に夢にうなされて、というような生やさしい声ではなかった。物凄い、まさに断《だん》末魔《まつま》の絶叫のような。

僕はソファから飛び起きて、二階へと走った。由伊がいる奥の寝室の前まで駆けつけると、ドアを叩いて彼女の名を呼んだ。このときにはもう叫び声はやんでいたのだけれど、いくら呼んでも中から応答はなかった。ドアを開けようとしたが、施錠されていてびくとも動かなかった。まもなく譲次と桜子が、騒ぎに気づいてやってきて……。

三人でいくら呼びかけても、やはりまったく応答がなかった。さっきの叫び声の主が由伊であったことに間違いはない。譲次も桜子も、自分たちはそんな声を発していないと断言したから。——そこで。

恐ろしい予感に囚われつつ僕たちは、物置から斧を持ち出してきてドアを打ち破ろうと決めたのだ。そうしてこの部屋の、見るもおぞましいこの惨状を発見するに至ったのだった。

7

「密室、だった」

なかば譫言《うわごと》のように、僕は同じ言葉を繰り返した。

「この部屋は、密室だったのに。なのに、こんな……」

「な、なあ山路」

譲次が云った。

「ここって、何かその、秘密の抜け道とかそういうの、ないよな」

「ないはずだよ、そんなものは」

「俺たちが踏み込んだとき、誰もいなかったよな」

「いなかった」

「じゃあ、これって……」

「だから、密室だったんだ。だから、何かトリックが」

譲次の言葉を遮《さえぎ》って、僕は云った。現実的な分析や解釈にまだすがりつこう、すがりつきたい、という気持ちを捨てきれずに。

「何かきっと、トリックが……」

「トリックって？」

桜子が訝《いぶか》しげに首を傾げた。気を抜くとパニックを起こしそうな感情を懸命に抑え込みつつ、僕は答えた。

「たとえば、糸を使ったりして外からドアの内鍵をかけるトリック。推理小説《ミステリ》でよくあるだろう」

「でも、そんな……」

「八つもある鍵を、全部？」

譲次が異議を唱えた。

「ドアを破ったとき、鍵は八つともちゃんとかかってたよな。こんなに惨《むご》たらしい犯行のあと、糸だか何だかを使って、ちまちまと一つ一つ外から鍵をかけたってか。仮に実行可能だったとしても、わざわざそんなことをするかぁ？」

大変な手間をかけてそんな工作をしても、意味がない。——確かにそう、譲次の云うとおりだと思うし、それ以前に、そもそも犯人はどうやってこの部屋に侵入したのか、という問題がある。

ドアを破って押し入った形跡はもちろん、なかった。窓にも、壁にも床にも天井にも、見たところまったく異状はない。

では、由伊がみずからドアの施錠を解いて、やってきた誰かを招き入れたのか？　あんなに怯えきっていた彼女が？　——まさか。とうてい考えられない。

外の風雨はまだ収まっていなかった。板で塞がれた窓の向こうから、激しい雨の音が聞こえてくる。吹きすさぶ風の音が聞こえてくる。海が近いから、そこに低く波のどよめきが混じって……。

「……やっぱり、彼女の云ったとおりだったのかもな」

と、譲次が呟いた。傍らで桜子が、

「どういうこと？」

譲次は額に浮いた汗を拭《ぬぐ》いながら、

「だからさ、何か人間じゃないものが……化物がいたんだ、本当に」

「まさか……そんな」

「だって……そうだろう？」

譲次は桜子と僕の顔を交互に見て、それから変わり果てた由伊の姿にちらりと目をやって――。

「化物でもなきゃあ、いったい誰がこんな、ひどい……」

桜子は口をつぐみ、途方に暮れたようにかぶりを振る。僕は「ああ……」と掠《かす》れた声を吐《は》き出した。

「それに……この、密室にしたって」

と、譲次が続けた。

「人間じゃない化物だったら、こんな密室、面倒なトリックなんか使わなくても自由に出入りできたんじゃないか」

ああ……そうか。

そうかもしれない――と、このとき僕も、混乱する頭の中で思ったのだ。現実的な分析や解釈を、やっと放棄して。

たとえば……。

僕は桜子の様子を窺いながら、恐ろしい想像をしてみる。

たとえば彼女が――桜子が、ゆうべ由伊が云っていた「人間じゃないもの」であったとして。

たとえばそれは、人間とはまったく異なる性質の……どろどろの液体状の生き物なのかもしれない。桜子はヒトの形をした仮の姿から一時的にその、どろどろの形状に姿を変えて、ドアと床のあいだのごくわずかな隙間《すきま》から室内に侵入して……。

そこに佇《たたず》んでいる桜子の身体が、今にもどろりと崩れ、急激な変形を始めそうな気がしてきて、僕はひそかに怖気《おぞけ》をふるう。

たとえば……。

僕は譲次の様子を窺いながら、同様の恐ろしい想像をしてみる。

たとえば彼が——譲次が、由伊が云っていた「人間じゃないもの」であったとして。

たとえばそれは、人間とはまったく異なる性質の……霧や煙のような形状の生き物なのかもしれない。譲次はヒトの形をした仮の姿から一時的にその、煙のような形状に姿を変えて、やはりドアと床の隙間から室内に侵入して……。

桜子の横に佇んでいる譲次の身体が、今にももやもやと形を失い、空気に溶け込んで消えてしまいそうな気がしてきて、僕はひそかにまた怖気をふるう。

実際にどんな性質・形状であるのかはさておき、この二人のどちらかが化物、なのだろうか。異常きわまりないこの状況下で、僕は本気でその可能性を疑わなければならないのか。——だが、しかし。

やみくもに可能性を疑ってみるのなら、おのずとその対象には、この僕自身も含まれざるをえなくなってくるのではないか。

たとえば……。

僕はみずからの両手を開いて凝視しながら、恐ろしい想像をしてみる。

たとえば僕が——ひょっとしてこの僕自身が、由伊が云っていた「人間じゃないもの」であるという可能性は？　あるのか、ないのか。

「人間じゃないもの」＝「化物」については、そうだ、ゆうべ譲次がこんなふうに語っていたではないか。

たとえそれが内部に潜んでいたとしても、表には現われないまま普通の人間として生きて、自分でも気づかないままに死んでしまう。そういう場合が多いらしい、と。つまりは、それが〝目覚める〟までは、それを内に宿した本人も自分の正体に気づいていない、気づくことができないわけで……だとしたら。

だとしたら、もしかしたらこの僕が、僕自身もまだよく自覚できないままに〝化物化〟しはじめていて。憶えていないだけで実は、ヒトの形をした仮の姿から一時的に何らかの特殊な形状に姿を変えて、由伊を襲うために部屋に侵入して……。

凝視するうちに自分の両手が、だんだんと色を失い、透明になっていくように見えた。まず皮膚が透明化して、血管と骨が透けて見えはじめ、さらには……。

…………

……いや。

慌てて僕は強く目を閉じ、ぶるぶると頭を振る。充分に呼吸を整えてから、そろりと目を開けてみると、両手はもとのまま……もちろんそう、透明になってなんかいない。

「……ありえない、そんなことは」

僕は自身に云い聞かせ、それから譲次と桜子に向かって、

「いいかい？」

と、語気を強めた。

「この世にそんな化物なんて、存在するわけがない。ないんだ。それよりも……」

今ここで、こんな議論をしている場合ではないのだ。とにかくそう、現実問題としてまずは警察に通報しなければ。

「携帯電話は？」

僕は二人に訊いた。

「いま持ってる？」

「ケータイ……部屋に置いてきた」

「あたしも」

僕も二人と同じだった。由伊の携帯がこの部屋にあるはずだが、現場にはなるべく手を触れないほうがいいから――。

「警察を、呼ばないと。家の電話は契約が切られてる。誰かの携帯で通報を……」

失いかけていた現実的な感覚をどうにか取り戻して、僕が云った。――ところが、

そのとき。

8

ひゅんっ、と鞭《むち》がしなるような音がしたのである。

何だ？　と思った次の刹那《せつな》――。

信じられないことが起こった。

部屋の中央あたりに立っていた譲次の首から上、すなわち頭部が、とつぜん胴体から切り離され、宙に飛んだのだ。噴き出す真っ赤な血とともに。

床に落ちて横を向いた譲次の頭部。両目はびっくりしたように大きく見開かれたまま。口も大きく開いていたが、よもやそこから発せられる声があるはずもない。何が身に降りかかったのか、本人が知るいとまもなかったに違いない。

――という光景を目の当たりにしながら、僕もこのときはまず、愕然《がくぜん》と立ち尽くすばかりだった。起こったことの意味が、とっさには理解できなかったのである。

ワンテンポ遅れて、桜子の悲鳴が響いた。彼女もまた、何が起こったのかをすぐには理解できなかったに違いないが、悲鳴を上げると同時に、おそらくほとんど反射的に部屋から逃げ出そうとした。――のだが。

ひゅんっ、とふたたび鞭がしなるような音がして、今度はそんな桜子の頭部が宙に飛んだのだ。譲次と同様、とつぜん胴体から切り離されて。

頭部を失った二人の胴体は、数秒のうちにそれぞれ、モノが壊れるようにしてくずおれた。それぞれに頸部の傷口から、おびただしい血を流しつづけながら。

僕は両手で口を押さえた。「ぐげ……」という気味の悪い声が洩れた。あまりのショックに、それこそ腰を抜かしそうになりながらも――。

何が？

これがこのときの、この瞬間の、僕の思考のひとかけら。

何が二人の首を切ったのか？

ひゅんっ、という音がしたときにほんの一瞬、何やら黒い影が視界を掠めた。――ような気がしたが。文字どおり目にも留まらぬ速さで何かが二人に襲いかかり、瞬時にして首を刎《は》ねたのか。――そう解するより他ない。しかし、いったい何が？

何が？

何が？　……

考えるまでもない問題、だった。

——この世にそんな化物なんて、存在するわけがない。ないんだ。

ついさっき自分が口にしたばかりの主張を、あえなくも否定せざるをえなかった。

ここにいる僕の、この目の前で、何が起こったのか分からないほどの速さで、次々と二人の首を刎ねる。——そんな芸当ができる人間なんているはずがない。だからそう、答えは決まっているではないか。

「人間じゃないもの」が、やはりいるのだ。

今、ここに。

この部屋の中に。——そして。

このときすでに僕は、そのものの異様な気配を感じ取っていたのである。気配……いや、そこにはすでにして、そのものが発する〝音〟も含まれていたかもしれない。

気配は、譲次と桜子の無惨な死体を目前に立ち尽くしていたこのときの僕の、斜め後方にあった（……これは）。僕は覚悟を決めて（きっと……これは）振り向いた。

すると、そこにはやはり——。

変わり果てた由伊の姿が、あった。

ありえない角度に折れ曲がった背中。いびつに捩じれた胴体。折れて捩じれて、ほとんどちぎれかけた両手両足。手足同様にちぎれかけた頭部。……さっきまで、何者かに惨殺された由伊の死体であると思い込んでいたもの。それが——。

それが今、動いているのだった。

と云っても、もとの人間のように、ではない。何か別の、見たこともない異様なものとして、である。

「な……な……」

両手でまた口を押さえながら、僕はあとじさった。

「こんな……こんな……」

どう見ても死んでいるとしか思えなかった由伊の、壊れた肉体。捩じれた胴体を中心として、その〝表面〟のあちこちが罅割《ひびわ》れ、裂け広がって、その〝内側〟から今、何か黒々としたものが起き上がろうとしている。——ぬらぬらとした質感をたたえながら。ぶよぶよと膨《ふく》らみながら。見るもおぞましい、およそヒトとは懸け離れた異形《いぎょう》のものが……。

由伊という人間の肉体のパーツを破れた服のようにまといながらも、そのものはもはや由伊ではなかった。明らかにそう、「人間じゃないもの」だった。全体像が定かでないのは、まだ変形の過程にあるからなのだろう。

本来の手足とはまったく別に、黒くて細長い触手のようなものが何本も生《は》えている。その一本一本が、意志を宿しているかのごとく不気味に蠢《うごめ》いていて……あれが？

あの触手のようなものがさっき、物凄い速さとしなやかさをもって伸びてきて、鋭利な刃物さながらに譲次と桜子の首を切り落としたのか。

「ああ……由伊、ちゃん」

じりじりとあとじさりながら僕は、やっとの思いで声を絞り出した。

「君は……君が……」

こうして今、これを見てしまった以上、どうしたってもう認めないわけにはいかなかった。ゆうべ由伊が、必死で訴えていたこと。あれは真実だったのだ。

——人間じゃないものが、いる。

——ここに……この中に。

——この中……もしかしたら、ここにいるわたしたちの中に。

由伊のあの言葉は〝告発〟ではなくて、もしかしたら無意識のうちの〝告白〟だったのかもしれない。他ならぬ彼女自身が、彼女の云うところの「人間じゃないもの」だったのだから。

ひょっとしたら、この家にやってきたことが何らかの引き金になったのかもしれない。生まれたときからそのものを自身の内部に宿していた由伊は昨夜、ここで〝目覚めて〟しまったのだ。

死んだ伯父は晩年、いったい何を恐れつづけていたのか。それが由伊の〝目覚め〟に関係しているのかどうか。――真相がどこにあるのかは分からないが、とにかく由伊は〝目覚めて〟しまった。昨夜の彼女の、あの異常なまでの怯え。あれは〝目覚め〟の近づいた彼女が、自分でもその意味をよく理解できないままに、いずれ到来するこの事態を予感して示した〝動き〟だったのか。……

――そいつらは、いったん〝目覚めて〟しまったら、人間とはまるで違う〝成長〟を始めるらしいんだ。

――違うっていうのはつまり、〝成長〟の仕組みが……。

……そう。ゆうべ譲次がそう云っていた。

人間とはまるで仕組みの違う〝成長〟。――手持ちの概念を当て嵌《は》めてみるなら、それはたとえば、〝脱皮〟のような？　あるいは〝蛹化《ようか》〟や〝羽化《うか》〟のような？

……

夜明け前に僕たちが聞いた、由伊のあの物凄い叫び声。――あれは、今夜この寝室の中で〝目覚めて〟しまった由伊が、急激に始まった自身の肉体の変化に驚き、恐怖し……もしかしたらその変化がもたらす強烈な苦痛のあまりに発した声、だったのではないか。

べちべち、みしみし……と気味の悪い音を立てながら。

壊れた由伊の肉体を脱ぎ捨てて、今——。

化物が〝成長〟した姿を現わす。

黒々としたその異形の肉体の、あらぬところにいまだくっついている由伊の顔
（……不思議と無傷のままだが、そこには何の表情もない）。もとの手足とは異なる触手のようなものが、新たにまだ生えてこようとしている。ずず、ずずずずっ……と音がして、そのものの全体がこちらへ向かって動く。

譲次と桜子と同じように、あれは僕の首も切り落とすつもりなのか。化物に変形したそれは凶暴化し、人間を襲って、殺して、喰う——と、譲次が云っていた。ならば……。

僕は逃げる気力を失い、なかば観念して息を落とした。

「……ああ」

「……由伊、ちゃん」

この部屋は密室、だった。外から誰かが侵入して、由伊を殺して出ていくのは不可能、と思えた。だから……そう、ある意味で事件の真相は、最初から僕たちの鼻先に

突きつけられていたとも云える。

最初から——。

僕たちがこの部屋に踏み込んで惨状を目にした、あの時点から……そうだ、とうに気づいていたことでもあったのに。そこから、数分後のこの事態を予想できたかもしれなかったのに。なのに、僕たちは……。

＊　＊　＊

「どういう意味でしょうか、それは」

夢野医師が、見る限り真剣な表情で僕に質問した。

「最初から鼻先に突きつけられていた、とは？　部屋に踏み込んだ時点から、とうに気づいていたことでもあったのに……とは？」

「それは——」

あらかた話を語りおえた僕は、ぐったりと椅子の背に凭《もた》れ込み、

「そこに描いてあるとおりの状況だったから、です」

と云って、机の上の絵を指さした。大河内医師が持ってきて、初めに夢野医師に見せた例の鉛筆画である。

「この絵に？」

「そうです」

「しかし……と云われても」

若い医師は訝しげな目で絵を見た。

「その絵には描いていませんが――」

あのときのあの部屋の光景を思い出しながら、僕は云った。

「首を刎ねられた譲次が流したのは、真っ赤な血でした。桜子が流した血も同じです。ところが、それ――」

僕はもう一度、絵を指さして、

「その、由伊の身体から流れ出ていた血と思われる液体は、彼らと同じではなかったのです」

「同じではなかった？」

医師はいよいよ訝しげな目で、今度は僕の顔を見た。

「と云いますと？」

「ですから、その絵のとおり、なんです」

僕はきっぱりと云った。

「そこに描かれているとおりの色、だったんですよ」

「えっ？」

「赤い血じゃなかったんです。信じられないでしょうが、真っ黒だったんですよ、彼女の身体から流れ出ていた液体は」

「真っ黒な、血？」

「そうです。少なくとも僕の目にはそう見えた。だから、そのとおりに描いたんです。鉛筆で黒く塗り潰してあるでしょう。実際にそれはそのとおりの……いや、もっと黒々とした黒、だったんですが」

仮にこの絵をカラーで描いていたとしても、当然ながら僕は、由伊の身体から流れ出た〝血〟の色として黒を使っただろう。あの現場の状況を、なるべく忠実に再現するために。

「要はそういうことです」

手もとの絵にふたたび目を落とした医師に向かって、僕は補足する。

「だから、最初から僕は――僕たちは、もっと疑ってかかるべきだったんです。あの

〝黒い血〟を見た時点で、もっと。

これは血ではないんじゃないか、と疑ってもみたんですよ。犯人が犯行後にまきちらしていった黒い塗料か何かでは、と。しかしそれにしても、彼女の身体はその絵に描いたとおりの、とても生きているとは思えないようなありさまでしたから……」

しばしの沈黙が流れた。

居心地が悪そうに医師は軽く咳払いをし、それからちょっと姿勢を正して、「では——」と口を開いた。

「そ、そのあと、あなたはどうなったのですか。譲次さんと桜子さんの二人を殺して、そのあとその『人間じゃないもの』は、あなたに襲いかかってきたのですか。あなたはどうしたのですか」

「…………」

「化物に変形した者は凶暴化して、人間を襲って、殺して、喰う——でしたね。譲次さんの情報によれば」

「——ええ」

「なのに、あなたは殺されも喰われもしなかったわけですね。なぜなのでしょうか」

「それは……ああ、すみません」

僕は額に手を当てて、ゆるゆると首を振ってみせた。

「憶えていないんです。あのあと、何がどうなったのか」

「ははあ」

「ちゃんと憶えているのは、さっき話したところまでで。その先の出来事については、僕はまるで……」

これもやはり、今まで何百回となく繰り返してきた説明だった。

「どうしても思い出せない空白が、記憶のその部分には広がっていて……だから、僕にも分からないんです。いったいあのあと、あそこで何があったのか」

この僕の答えを、医師がどこまで信じてくれたかは察しがつかない。彼はそれ以上の追及をしようとはせず、ただ「そうですか」とだけ応じた。

「長時間、お疲れさまです」

と、そして医師は云った。

「気分が悪かったりはしませんか」

「いや、大丈夫ですよ」

「きょうは、ではこの辺で――。事件のことに限らず、またいろいろとお話を聞かせてください」

† † †

「いかがでしたか、夢野先生」

「事件の話を聞きました」

「星月荘の事件、ですね」

「はい。事細かにしっかりと語ってくれましたが……大河内先生？」

「何でしょう」

「あれは……つまりその、実際にあった事件なのですか」

「実際の事件です。起こったのは今世紀の初め、かれこれもう十年ほども前になる」

「ああ……そうなんですか」

「当時二十四歳だった彼も、今は三十代半ば。ちょうどあなたと同じ年ごろですな」

「もっと若く見えましたが……不思議ですね。入院生活が長いと普通、老《ふ》け込んでしまいそうなものなのに」

「私の目から見れば、どちらも同じようにお若いですよ」

「――はあ」

「それはさておき。彼の話はね、大半が事実なのです。八月某日に星月荘と呼ばれる海辺の別荘へ行き、翌日未明にそこで事件が起こった――と思われる。ただし、警察が現場に駆けつけたのはその数日後のことだった。彼から通報を受けたわけではなくて、家で火災が発生したから、だったのです」

「火災？」

「そうです。家はほぼ全焼。火元は二階の寝室であると推定された」

「二階の寝室……事件の現場の？」

「ええ。誰かが室内に灯油をまいて火をつけた、つまり放火だったそうです。放火したのは、状況から見て彼自身だったようです」

「すると、現場は……」

「すっかり焼け落ちてしまって、だから果たしてその現場が、彼がしきりにアピールするような密室状況だったのかどうか、確かめるのは不可能だったのです」

「彼は？　火災のときはどこに」

「家の外へ逃れて、庭で気を失っているところを発見されたのです。負傷もしていたので救急搬送されましたが、そののち、容疑者として警察に身柄を拘束された」

「容疑者……放火の、ですか」

「それと、殺人の」

「ああ……」

「焼け跡から死体が発見されたわけですな。火災による損傷が非常に激しくて、身許《みもと》の確認や何かは相当に難航したそうです。焼け落ちた寝室、すなわち殺害現場の状況を検証することも当然ままならず……」

「発見された死体の数は？」

「二体、でした」

「二体、ですか」

「二体とも胴体から頭部が切断されており、この切断が直接の死因だろうと推定された。一体は男性、もう一体は女性だと判明して、これは彼の話のとおり、男性は鳥井譲次、女性は若草桜子のものだと分かりました」

「二つの死体に、その……肉を喰われたような形跡は？」

「損傷が激しくて不明、です」

「由伊という学生は？　その場にはいなかったのですか」

「咲谷由伊、ですね。ええ。その女性はいませんでした」

「彼はその、彼女が化物になって二人を殺したのだと……」

「そう訴えつづけていますね。しかしもちろん、そんな彼の話を信じる者などいるはずがない。――まさかあなた、信じたのですか」

「い、いやあ……まさか」

「事件の発覚後、搬送先の病院で意識を取り戻した彼は、警察の取り調べに対して当初からそのように主張していたといいます。化物の話を信じる者は誰もいなかったが、由伊という学生がどこへ行ってしまったのかについては問題となり、当然ながら警察は調べたわけです。ところが……」

「見つからなかったのですか、彼女は」

「いや、それ以前の話です。彼が云う大学の共同ゼミの名簿にはそもそも、咲谷由伊という名前がなかったのです。学部全体、大学全体を調べてみても、そんな名前の女子学生は見つからなかった」

「…………」

「担当の教官や学生たちにも聞き込んでまわったが、誰も知らないと云う。のみならず、事件後に姿が見えなくなった学生も、一人もいない」

「――彼女は最初から存在しなかった、と？　そういうことですか」

「ええ。ただ、彼が別荘を使う許可を父親に求めたさい、友人たちと四人で行く、と云ったのは確かだそうです」

「メールアドレスや何かの痕跡《こんせき》は？」

「彼の携帯電話は火災で破損して、調べられる状態ではなかったそうです。通信会社に残っている通話履歴やパソコンのメールや何かについては、そこまでは私も知らされておらず……」

「咲谷由伊は存在しなかった。彼女を巡るあれこれはすべて、彼の作り話——と云うよりも、彼の精神《こころ》が産んだ妄想であると」

「そのように判断せざるをえないのです」

「——なるほど」

「そんなわけで、警察は彼を二つの殺人および放火の容疑者と目して、逮捕に踏みきったのです。しかしながら、結局は不起訴となった。物的な証拠が何も発見されなかったのに加えて、彼の精神状態の問題もあり……父親が警察や検察に働きかけた、という噂もあります。その方面に対して相当に力を持った人物だそうでしてな、彼の父親は」

「——はあぁ」

「彼がこの病院に収容された当初はね、なかなか大変な状態だったのですよ。しばしば錯乱して暴《あば》れたり、まるで意味不明な言葉を口走りつづけたり……と。それも最初の二、三年でだんだん落ち着いてきて、今ではあのとおり、ごく普通に会話が成り立ちます。急に暴れだしたり、まわりの人間に危害を加えようとしたりすることも、まずない。ただ、事件に関する、特に『人間じゃないもの』を巡っての妄想は完全に固定化してしまっていて、どうにも解きほぐしようがない、というのが現状でして……」

†

「ところで先生、さっきの病室――B〇四号室についてですが」

「初めてでしたか、地下のあのエリアは」

「はい。実はきょう初めて、地下にあんな病室があると知ったのですが」

「あそこは……〈特別病棟〉あるいは〈秘密病棟〉とも呼ばれていて、ほとんど公にはされていないのです。普通の病室に収容しておくには危険すぎる患者を、厳重な管理のもとに閉じ込めるためのエリアで……などという話が外部に洩れると、何かとうるさいご時世ですから。あなたも、むやみに口外しないように」

「あ、はい。ですが、そんなに危険な患者なのですか、彼は。今さっき先生もおっしゃいましたよね。状態は落ち着いてきて、今では暴れだしたりすることもない、と。だったらもう、あんな地下の病室に監禁しておく必要もないのでは？」

「もっともな疑問ですな。しかしさらに云ってしまうと、彼があのエリアに移されたのは、この病院に来て三年後……状態がかなり落ち着いてきた、そのあとの措置だったのです」

「――なぜ、そんな？」

「それは……上の意向、なのでしょう」

「上の？」

「まあまあ。あまり気にしないことですな、その辺の事情は」

†

「長くこの仕事をしていると、たまに分からなくなることがあるものです。診察室や病室で向かい合っている、医者と患者。私が医者で相手が患者、というこの関係は、実は私がそう思い込んでいるだけなんじゃないか。本当は私のほうが、自分は医者だと思い込んでいる患者で、相手のほうがそれに話を合わせてくれている医者なんじゃないか。――こんなふうに云ってしまうとまあ、ありきたりな話に聞こえてしまいますが。

いかがです？　あなたはもう、そういった経験がありますか」

† † †

若い医師が出ていったあと、僕はベッドに寝転んでぼんやりと天井を見上げる。久しぶりにあの事件の詳細を他人に話したせいか、何だか心の奥のどこかがぞわぞわしていた。

医師の要請に応えて僕は、あの事件について自分が憶えていることを正直に語った。だが、すべてにわたって、ではない。

最後に僕は、嘘《うそ》をついたのだ。

これまでずっとつきつづけてきたのと同じ嘘を。

譲次と桜子の首が刎ねられ、振り向いて由伊の〝成長〟を目の当たりにした、あのあとの出来事。――僕は「まるで憶えていない」と云いつづけてきたけれども、それは嘘なのである。本当はあのあと、あのとき……。

そのものは凶暴化して、人間を襲って、殺して……喰う。

前夜の譲次の言葉は正しかった。

〝目覚めた〟由伊は〝成長〟とともに確かに凶暴化し、問答無用に譲次と桜子の首を刎ねて殺した。そうしてその後、彼らの死体を少しずつ食べた。——のだが。

この僕に対してだけは、それは同じ行動を取らなかったのである。

……あのとき。

ずず、ずずずずっ……と音を立てながら僕のほうへ向かってきたそれ。僕はなかば観念して、その場から逃げもせずに息を落としたのだったが。

「……由伊、ちゃん」

その呟きに応えるようにしてそのとき、意想外の声がかすかに聞こえたのだった。

「……さん」

という、まさかとは思ったが、それは由伊の声で——。

「山路……さん」

びっくりして僕は、伏せていた視線を上げた。声の出どころは、迫りくる異形の化物の肉体にくっついている由伊の顔、だった。

ついさっき見たときには完全な無表情で、死んだように目を閉じていた顔。その目が虚ろに開いて今、こちらを向いている。色を失ったその唇が、そしてわずかに動いたのだ。

「……黒い？」

と、言葉が聞き取れた。

「わたしの血……黒い？」

問われて、僕はとにかく答えたのだ。

「黒い、よ」

「そう見える？」

「ああ……うん」

「だったら……」

消え入りそうな声で云って、それっきり唇は動きを止めた。目も閉じられていた。

わけが分からず立ち尽くす僕に向かって、やがて触手のようなものの一本が伸びてきた。ああ、やはり自分もここで首を刎ねられるのか。今度こそ観念して、強く瞼《まぶた》を閉じた僕だったのだが、しかし――。

それの動きは予想とは違っていたのだ。

何とも云えず不快な異臭を漂わせながら、伸びてきたそれ、、は僕の頬をゆっくりと撫でるように動き、続いて僕の唇を撫でた。そうしてそこからさらにゆっくりとした動きで、ひんやりとしたその先端部が僕の口の中へ入り込んできて…………。

……………

……………

……………

……………

……これが僕の、このあと気を失ってしまう前の最後の記憶である。

＊

ベッドに寝転んだまま僕は、みずからの左手の薬指を口に含み、思いきって強く噛《か》んでみる。痛みに眉をひそめながら口を離すと、指先に少量の血が滲《にじ》んでいて——。

その血の色が、僕には、、、、、黒く見える。けれどもそれは、僕の目だけにしかそのようには見えないのだということを、今の僕は知っている。——分かっている。

右手を胸の上に載せてみる。そうすると、この肉体《からだ》の内部のどこかで、何かがもぞ、りと動くのを感じる。

ああ……そろそろ、だろうか。

僕は彼女の――由伊の顔を思い浮かべながら、問うてみる。

あれからずいぶん長い年月が経ったが……もうそろそろ、なのだろうか。だったら、どうしたらいいのか。

急ぐ必要はない。――と、やがて答えが返ってくる。

いくら厳重に管理されていようとも、こんな病室なんて、脱け出そうと思えばいつでも脱け出せるから。時機《とき》が来て、その気になりさえすれば、いつでも。――そう、僕たちには造作もないことだから。

仮題・ぬえの密室

初出――『7人の名探偵　新本格30周年記念アンソロジー』
講談社ノベルス、二〇一七年九月

講談社文芸第三出版部の企画・編集によるオリジナルアンソロジーに書き下ろした作品。執筆陣は綾辻のほか、我孫子武丸《あびこたけまる》、有栖川有栖《ありすがわありす》、歌野晶午《うたのしょうご》、法月綸太郎《のりづきりんたろう》、麻耶雄嵩《まやゆたか》、山口雅也《やまぐちまさや》といった面々。「名探偵」という共通のテーマが与えられたのだけれど、あれこれ考えた末、自分はこのような変化球を投げることにした。語り手の「私」＝綾辻行人を含め、実在の作家たちが等身大で登場する、虚実綯《な》い交《ま》ぜの実名小説である。

1

昼なお薄暗い小部屋の、北側の壁面を覆《おお》い尽くさんばかりに何枚もの模造紙が貼《は》ってある。京都大学推理小説研究会（略称「京大ミステリ研」）において、これまで発表されてきた〝犯人当て小説〟の作品名と作者名が、そこにはぎっしりと書き込まれている。歴代〝犯人当て〟の一覧表、である。

向かっていちばん左のいちばん上に、一九七四年に研究会が創設された当初の、記念すべき第一回作品が。いちばん右の下には、それから四十三年が経《た》った現在の、現役会員による最新の作品が。確かめてみると、最新作は「第四八七回」とあった。

京都大学の吉田南《よしだみなみ》構内。

吉田グラウンドの西側に建つ、コンクリートの箱をつないで並べたようなサークルボックス棟（通称「ハーモニカボックス」）の一室。——京大ミステリ研が長年、ボックス（部室）として使用している部屋である。

何年かぶりで訪れるミステリ研のボックスだが、昔も今もこの北側の壁面は様子が変わらない。訪れるたびにタイトル総数が増えている犯人当ての一覧表は、こうして見ると壮観だった。創設以来現在に至るまで、よくぞ途切れずにこれだけ続いているものだなあ――と、そんな感慨にも囚《とら》われる。

「では、まずはその一覧表をバックにして、お三人の写真を」

と、カメラマンからリクエストされた。カメラマンの横では、地元・京都のK＊＊新聞の記者がしきりに何かメモを取っている。

「いいですよね、それで」

記者に確認すると、カメラマンがアングルその他を決め、指示に従って私たちは位置についた。「私たち」とはつまり、京大ミステリ研出身の推理小説作家《ミステリ》――我孫子《あびこ》武丸《たけまる》、法月綸太郎《のりづきりんたろう》、そして私こと綾辻行人《あやつじゆきと》の三人である。

「この〝犯人当て〟というのは京大ミステリ研の、大袈裟《おおげさ》に云《い》えばまあ伝統行事のようなもので……」

会員が持ちまわりでオリジナルの犯人当て小説を書いてきて、例会で発表するのである。まず「問題篇」だけが示され、参加者に対して「さて、犯人は誰か？」という「挑戦」が敢行される。制限時間内に参加者が解答を提出したのち、「解決篇」が披露されて正解者が顕彰されて……と、簡単に云ってしまうとそのような〝お遊び《ゲーム》〟なのだが。

　こういった取材を受けるたびに繰り返してきた説明を今回の記者に対してもしながら、アングルや場所を変えて必要な写真撮影を終えた。

「お疲れさまです。このあとは弊社の会議室へ移動して、みなさんでいろいろとお話を……」

　記者に云われ、「了解」と応えて椅子《いす》に置いておいた鞄《かばん》を持った。法月くんも同じように動いた。――ところが。

　このとき、我孫子くんだけがすぐには動かなかったのである。自分の鞄を取ろうともせず、腕組みをして立ったまま。そしてその視線は、壁を埋めた犯人当ての一覧表にじっと向けられているのだった。

「どうしたの」

　私が問うと、我孫子くんは首を傾《かし》げながら、

「んー。ちょっと……」

「あの表が、どうか？」

「…………」

「きちんと残してくれてるねえ。我孫子くんが書いたやつも、あそこにほら。あれとあれ、あれも……懐《なつ》かしいねえ」

「んー」

と、それでも我孫子くんは首を傾げつづける。眉根《まゆね》を寄せて唇《くちびる》を少し曲げて……何やら物思わしげな面持ちでもある。——ような気がした。

「どうかしたの」

ふたたび問うと、我孫子くんは腕組みを解いて眼鏡《めがね》のブリッジを指先で押し上げながら、

「いや、ちょっと気になることが……いやまあ、べつにええんやけど」

そう答えつつも、やはり何やら物思わしげな面持ちで……。

これがこの日の夜に持ち上がった風変わりな議論の、云ってみれば前振りのようなものだったのである。

2

私こと綾辻がデビュー作『十角館の殺人』を講談社ノベルスより上梓《じょうし》したのが、一

九八七年九月のことだった。今年——二〇一七年の九月で、あれからまる三十年が経つ勘定になる。この『十角館』の出版が呼び水となっていわゆる「新本格ミステリ・ムーヴメント」が起こった——というのは今や、この国の推理小説史における定説となっているようで、だから今年は「新本格三十周年」の記念の年でもあるのだ。

そんなわけで今年は、「三十周年」に連動した記念企画が、講談社の文芸第三出版部の主導であれこれ予定されている。併せて、新聞その他のメディアから「三十周年」関係の取材を受けたりもするのだが、その一つとしてこの春、私が住まう京都の地元紙の文化面で、なかなか賑《にぎ》やかな特集が組まれることになったのである。

同じ京大ミステリ研出身の、ムーヴメントに関わったミステリ作家で、なおかつ現在も京都に住みつづけている我孫子、法月、綾辻が集まり、「三十年を振り返る」的な鼎談《ていだん》を行なう。それを使って、ゴールデンウィークあたりで三日連続の特集紙面を組みたい。——と、そんな企画だった。

私たち三人の関係は昔も今も変わらず良好だし、京都市内ですべてが済むのだから何の問題もない。すんなりと話はまとまり、実現の運びとなった。鼎談の日取りも決まって、この日——四月十一日火曜日の午後にまず、私たちは記事に添える写真の撮影のため、京大ミステリ研のボックスを訪れたのだった。

K＊＊新聞社の会議室に場所を移し、和やかな雰囲気のうちに鼎談を終えて――。

三人で河原町《かわらまち》へ出て手ごろな居酒屋で食事をしたあと、「久しぶりにうち（＝綾辻宅）へ来る？」という流れになったのである。同じ京都に住む私たちだが、ここ数年はそれぞれにめっぽう忙しくて、三人揃《そろ》ってゆっくりと話をする機会もあまりなかったから。

この時点で、酒好きの我孫子くんはすでにだいぶ酔っていて上機嫌だった。法月くんも珍しくそこそこ飲んでいた。私は下戸なので、飲みものはずっと烏龍茶かジュースだったのだけれど、二人が飲む酒のにおいだけで少し酔ってしまったのか、何だか頭がくらくらしていた。――ような気もする。

食事の席での話題はあちこちに飛び、そうするうちにやがて、秋に刊行が予定されているオリジナルアンソロジーの話になった。三十周年記念企画の目玉として、「新本格第一世代」に含まれる作家七人が新作短編を書き下ろす。これをまとめて講談社ノベルスから出そう、というのである。

昨年の秋ごろだっただろうか、編集部からこの依頼が来たときには正直、困った。求められるのは当然ながら「本格ミステリ」で、設定される共通テーマは「名探偵」だという。本音を云えば、私は辞退してしまいたかったのだ。それを「綾辻さんが入っていないと意味がありませんから」と強く説得され、どうしても引き受けざるをえなくなったわけだが。

だいたい私は——と、このさいだからありのままを書いてしまおう。

だいたい私は、短編のミステリ（しかも「本格」の）を書くのが大変に苦手なのである。

三十年もキャリアがあるというのに、「本格ミステリ作品集」と呼びうる著書は『どんどん橋、落ちた』の一冊しかない。ほかの短編集はたいがいホラー小説寄りのもので、「本格」の含有率はとても低い。『どんどん橋』にしてみても、これは確かに全収録作が本格ミステリではあるのだが、そうそう胸を張って人に勧めることはできないような変化球ばかりだし……。

「名探偵」というテーマにしても、私には酷な話である。短編でも通用しそうな名探偵のシリーズを持っていないから、である。

「館《やかた》」シリーズの鹿谷門実《ししやかどみ》がいるではないか、と思われるかもしれないが、鹿谷は〝中村青司《なかむらせいじ》の館〟があってこその鹿谷であり、それ以外の舞台で彼が名探偵として活躍するイメージはまるで湧《わ》かない。「館」シリーズは長編で全十作にするつもりでいるから、ここに来て「館」の短編を一本、というわけにもいかない。

「だったら特例として、綾辻さんは『中村青司』でもＯＫです」

編集部からはそうも云われた。

「名探偵・鹿谷門実」にはこだわらなくていいので、たとえば「建築家・中村青司」が登場する「館」シリーズのスピンアウト的な短編を——という提案。だがしかし、それはそれで安易には書けない、書きたくない事情があって……。

……ううむ。

やはり困った。と云うか、現在進行形で困りつづけている私なのだった。

「どうしたものかねえ。ほんとに僕、困ってるんだよなあ」

と、このとき私は二人を相手に弱音を吐《は》きまくった。——ような気がする。

我孫子くんと法月くんは当然、アンソロジーの執筆メンバーに入っている。原稿の締切日は同じだから、二人ともそろそろ、それが気になりはじめている様子ではあった。

「法月くんはやっぱり、綸太郎で書くの？」

私が訊《き》くと、法月くんは神妙に頷《うなず》いて、

「まあ、そういうことになりますね」

あまり力のない声だったが、本格ものの短編は彼が大いに得意とするところである。書くとなったら見事な作品をものするに違いない。

「我孫子くんは？　久々に速水《はやみ》三兄妹が登場？」

「さあ、どうかなあ」

と、我孫子くんは首を捻《ひね》った。

「『人形』シリーズの鞠小路《まりこうじ》鞠夫《まりお》、とか？」

「どうかなあ……」

答えをはぐらかしつつも、我孫子くんはどこか余裕の表情に見えた。きっとすでに、何らかの腹案があるのだろう。

「綾辻さんはどうするん？」

我孫子くんに訊き返されて、私は「だからぁ」と顔を曇らせた。

「どうしたらいいのか分からなくて、困ってるんだってば。ここで名探偵と云われてもなあ。鹿谷門実ではやっぱり、書けそうにないし」

「『殺人方程式』の明日香井《あすかい》兄弟は？」

「いやあ、さすがに今さら……」

今さら、二十年以上も放置してきたあのキャラクターを使って？　――まさか。どう考えても書ける気がしないし、書きたくもない。

こうなったらいっそ、新たな名探偵のキャラを作ってしまおうか。――いや、まさか。今の私にはとうていそんな気力はないし、時間もないし……ああもう、困った。

本当に困った。

「困ったなあ……」

そのあともひとしきりアンソロジー関係の話が続いたのだが、私は独《ひと》り浮かない顔で「困った」「困った」と繰り返していたように思う。――で。

この会食のあと、「久しぶりにうちへ来る？」という流れになったわけだった。もうだいぶ時間も遅かったのだけれど、同居人に電話してみると「もちろん歓迎よー」との応え。三人でタクシーに乗って、比叡山《ひえいざん》が間近に見える街外れのわが家へ向かったのだったが、さて、その車中で――。

「むかしミステリ研で、何かその、すごい、すごい犯人当て、があったの、憶《おぼ》えてへん？」

我孫子くんが不意に、そんなことを云いだしたのである。

「すごい犯人当て？」

後部座席に並んで坐《すわ》っていた私が、すぐさま反応した。

「すごいのはまあ、いっぱいあったと思うけど……どういう意味？　それ」

そう云えばきょう、ハーモニカボックスでの写真撮影を終えたあとに我孫子くん、歴代犯人当ての一覧表を見ながら首を傾げていたが。あのとき「ちょっと気になることが」と云っていたあれが、ここにつながってくるのだろうか。

「いやまあ、どうもいまいちはっきりせえへん話なんやけど。このあいだ麻耶《まや》雄嵩《ゆたか》がふらっと遊びにきて、そのとき――」

麻耶くんは、彼もまた私たちと同じ京大ミステリ研出身の作家で、私たちと同じくデビュー後もずっと京都を生活の拠点としつづけている。

「夜遅くまで二人で飲んで、二人ともかなり酔っ払ってたんやけど。そのときあいつが、急にこんなことを……」

――例のほら、〝幻の犯人当て〟っていうの……本当に昔、そんなにすごい犯人当てがあったんですか。

と、麻耶くんは云いだしたのだという。

我孫子くんはとっさの返事に詰まって、「なに？　それ」と問い返した。すると麻耶くん、酔って舌をもつれさせながらも、答えていわく。

――去年だったかおととしだったか、我孫子さんから聞いたんですよ。学生が学園祭の打ち上げに呼んでくれて、一緒に顔を出したでしょう。昔のミステリ研の話で場が盛り上がって……そこで。

「そこで我孫子くんがその、〝幻の犯人当て〟の話をしたわけ？」

私が訊くと、我孫子くんは心もとなげな声で、

「した――らしいんやけど」

「らしい？　よく憶えてないの？」

「まあ、あのときもかなり酔ってたと思うし」

――「すごかったんや」って、しみじみと云ってたじゃないですか。

と、麻耶くんは反応の鈍《にぶ》い我孫子くんに喰い下がったのだという。

――「今や知る者もおらんやろうから、云わば〝幻の犯人当て〟やな」とも。ね？

「そこまで云われても、思い出せなかったの？」

「んー。いかんせん酔ってたから」

「酔っ払ってでたらめを云った、とか」

「いや、それが……あとでよく考えてみたら、まったくのでたらめでもなかったように思えてきて。単にすごいんやなくて、何て云うか、すごく奇妙な印象の犯人当てが昔、あったような気が」

「じゃあ、そのタイトルは？　作者は？」

「んんー」

我孫子くんは悩ましげに腕組みをした。

「その辺はどうにもはっきりしなくて。そやけど、きょうボックスであの一覧表を見てたら、何となくまた気になってきて」

「なるほど」

と、いちおう事情を理解して頷いてみせた私だったのだが、このとき。

「あのぅ」

助手席に坐っていた法月くんが、私たちのほうを振り返ってこう云ったのである。

「それって……私も何となく、昔そのようなものがあった気がするんですが」

「えっ。そうなの？」

「ええとですね、もしかしてそれって、い、ぬえがどうのこうのっていう話だったんじゃあ……」

タクシーがわが家の前に到着したのが、ちょうどこのタイミングだった。夕方から続いていた小雨《こさめ》がやんで、どこかしら妖《あや》しげな蒼白《あおじろ》い夜霧に変わり、車を降りた私たちを包み込んだ。

3

というわけで、そのあと三人がわが家のリビングのソファに落ち着いてからも、話題はおのずからその〝幻の犯人当て〟のまわりをぐるぐるしはじめたのだった。

「いらっしゃーい」

自分の書斎から出てきた同居人——妻の小野不由美《おのふゆみ》が、

「ずいぶん久しぶりねぇ、このメンバーが揃うのって」

楽しげに笑みながら、てきぱきと飲みものを用意してくれた。我孫子くんと法月くんにはワインを。下戸の私にはアイスコーヒーを。小野さん自身は温かいミルクティーを。——そして。

「〝幻の犯人当て〟かぁ」

私たちと同時期に京大ミステリ研に所属していた彼女もまた、当然のようにそれに興味を示したのである。

「まずは、そんなものが実際にあったのかどうか、っていうのが問題ね」

自分が「そんなもの」を知っているかどうかは述べず、小野さんは我孫子くんに訊いた。

「そもそも学園祭の打ち上げのとき、我孫子くんは麻耶くんに対してどういうふうに語ったわけ？」

「そやからぁ、それが自分ではちゃんと思い出せなくて」

我孫子くんはやはり悩ましげな面持ちで、

「あいつが云うには、だいたいこんな感じやったみたいで……」

今の若い連中は誰も知らないことだろうが、その昔——自分がミステリ研の現役会員だったころ、すごい犯人当てがあったのだ。ディテールは思い出せないが、とにかくその場にいた誰もが驚き、感心してしまうようなものだったことは確かで……と、そんなふうに我孫子くんは語ったという。

麻耶くんは興味をそそられて、「タイトルは？」「作者は？」「どんなトリックが？」と質問を繰り出したのだが、我孫子くんはどの質問にも明確な答えを示せなかった。ただ、そのさいにも「何だかすごく奇妙な、という印象が残っていて……」とは述べたらしい。

「その話題が最近、麻耶くんとのあいだでまた出たわけね」

「そうそう」

「学園祭の打ち上げで話したことは憶えていないけれども、麻耶くんに訊かれて、少しは思い出すところがあったのね？　だからきょう、ボックスで見た犯人当ての一覧表が気になった」

「そういうことやね」

「表の中にその〝幻の犯人当て〟のタイトルがあるかもしれない、と考えて？」

「そうやね」

「あったの？　それらしきタイトルは」

「――いや」

我孫子くんは小さくかぶりを振って、ワインのグラスを口に運んだ。

「ざっと見てみたんやけど、ぴんとくるものはなかったような……」

小野さんは「そっかぁ」と頷いて、細身のシガレットに火を点《つ》ける。つられて私も煙草《タバコ》をくわえた。酒は苦手だが煙草は好む――という点において、彼女と私は昔から嗜好《しこう》が一致している。

「麻耶くんのことだから、好き勝手に話を膨《ふく》らませて大袈裟に云ってる可能性、あるよねぇ」

うむ。それは大いにありうる、と私も思う。

「でも──」

　と、小野さんは続けて、

「法月くんも心当たりがある、のね？　この〝謎の犯人当て〟について」

「幻の」を「謎の」に変えて、彼女は訊いた。

「そして法月くんは、それが『ぬえがどうのこうのっていう話』だったように思う、って？」

「私も記憶はすこぶる曖昧《あいまい》なんですが」

　そう云うと、法月くんも私たちにつられて煙草をくわえた。すっかり愛煙家が迫害されつつある昨今の世知辛い社会状況だが、私たちの世代の小説家は相変わらず喫煙率が高いのである。

「我孫子くんの話を聞いていて、何となく。そう云えば昔、〝幻の犯人当て〟と呼んでもいいような何かがあった気がするなあ、と。私の印象としては、何と云うか、すごく刺激的な……」

「それが『ぬえ』？」

「そんな言葉がさっき、ふっと浮かんだんです」

「『ぬえ』っていうのはタイトル？　それとも何か、作中の事件のキーワードみたいな？」

「さあ……」

法月くんはゆるりと首を振った。

「我孫子くんはどう？『ぬえ』と聞いて」

小野さんに訊かれて、我孫子くんは「んんー」とまた腕組みをした。やはり悩ましげ……と云うか、懸命に昔の記憶を掘り起こそうとしているふうにも見える。

「綾辻さんは？」

と、次は私が訊かれた。

「何か心当たり、ある？」

「どうだろう」

私は煙草を揉《も》み消し、ソファに凭《もた》れ込んだ。先ほどから頭のどこかで、何かもやもやするものを感じてはいるのだ。けれどもなかなか、そのもやもやが〝形〟になってはくれず……総じて、記憶はひどく頼りなくてぼんやりしている。

私たちがミステリ研の現役会員だったころ——と云えば、今から三十数年も前の話になる。

私ももう齢《よわい》五十六。かつては書き言葉でも「僕」で通していた一人称が、最近では

「私」のほうがしっくりくるようになってきた。小野さんは私と同い年で、我孫子くんも法月くんも五十過ぎ。四人ともとうに立派な中高年で、老年期も遠くない先に見えている。三十数年前の記憶が曖昧だったり不如意だったりするのはまあ、致し方ないことだろう。

特に私はここ何年か、いよいよ記憶力の衰えを痛感しつつあって、昨年夏に第三集を上梓した「深泥丘奇談《みどろがおかきだん》」連作の語り手「私」さながらの体《てい》たらく、なのである。だから……。

小野さんがソファから離れ、換気のため庭に面した窓を開けた。

四月のこの時期だと、まだまだ夜の冷え込みは侮《あなど》れない。流れ込んできた寒気に、思わず私は身をすくませた。寒気とともに夜霧が忍び込んできて、空気の色が蒼白く変じたような錯覚にふと囚われてしまい、すると突然——。

ぐらあっ

と、胡乱《うろん》な眩暈《めまい》が。

驚いて額に手を当てた私だった。

「深泥丘」の「私」じゃあるまいし……と思いながらも、いや、あの「私」は現実の私をほぼ等身大のモデルとしているから。連作の舞台は「ありうべからざる『もう一つの京都』」＝「裏京都」のこの界隈なのだが、今この瞬間、その「裏」と「表」が入れ替わってしまったような錯覚にさえ、私はふと囚われた。——ような気がするのだが、幸い眩暈は一瞬で消え去り……そして。

庭の裏手に広がる神社の森からそのとき、かすかに何かの声が聞こえてきたのだ。

鳥の鳴き声、だろうか。

真夜中も近いこんな時間に……と思ううち、頭の中のもやもやがやおら、ぼんやりとではあるけれども〝形〟を作りはじめた。——ような気がしたのである。ああ、これは……？

「……うん」

私は独り言のように呟《つぶや》いた。

「確かに昔、あったかもしれない。『ぬえ』っていう言葉にも、何となく憶えがあるような、ないような。僕のイメージだとそれって、何て云うか、すごくどきどきするようなものだった気が……」

今さらではあるが、ここで少し人物関係などを整理しておくことにしよう。すでにご存知の方もおられるだろうが、一応やはり――。

私こと綾辻が京大に入学し、ミステリ研に入会したのは今から三十八年前――一九七九年の春であった。小野さんは私と同年同月の生まれなのだけれども、わけあって一年遅れの八〇年、九州から京都へ出てきて大谷《おおたに》大学に入学。翌八一年の夏、京大ミステリ研の存在を知って興味を持ち、ふらりとボックスを覗《のぞ》きにきたのがきっかけで入会の運びとなり、ほどなく私とも知り合うことになる。これがまあ、綾辻と小野の馴《な》れ初《そ》めだったわけである。そこから二人が結婚するに至るまでには幾多のドラマが……以下略。

我孫子くんと法月くんの入会は、その二年後――一九八三年。四年で学部を卒業できなかった私は留年して五回生、小野さんが四回生の年であった。

翌八四年の春、私は大学院に進んでミステリ研にも残ることとなったが、小野さんは大学を卒業していったん就職している。以降もOGとして遊びにくる機会はあったものの、それはたいてい例会後のことだったし、頻度にもおのずと限りがあった。従って、私たち四人みんながミステリ研に在籍し、例会その他の集まりに足しげく通ったのは、一九八三年度の一年間だけだったという話になる。

ちなみに、麻耶くんの入会は一九八八年。大学院在学中の私が『十角館の殺人』を上梓した翌年の春、であった。

5

それはあったのか？

そんな問いが、空白のページに記された。小野さんがノートを持ってきて、ボールペンで書き込んだのである。

「ちょっと面白い問題だから、順番に検討していきましょうよ。ね？」

そう云って三人の反応を窺《うかが》う小野さんは、何やらいつになく楽しそうだった。くるくると目を動かし、口もとにはうっすらと悪戯《いたずら》っぽい笑みを浮かべている。

我孫子くんは相当に酔っ払っていたが、それでも「うんうん」と相槌《あいづち》を打った。法月くんも酔っているが、我孫子くんほどではない様子。小野さんが示した設問を覗き込み、小声で読み上げる。

「『それはあったのか？』——とにかく前提の確認を、ですね」

小野さんは「うん」と頷いて、

「麻耶くんは、我孫子くんから聞くまではそれを知らなかった。だから、麻耶くんにしてみれば本当に『幻の』なのよねぇ。

我孫子くんは、記憶はいま一つはっきりしないものの、『あったような気がする』わけね。法月くんも『心当たりがある』と。でもって、綾辻さんもさっき思い出した。『あったかもしれない』って」

「小野さんはどうなんですか」

と、法月くんが訊いた。すると彼女は、

「わたしも——」

口もとの笑みを消して答えた。

「わたしも、昔あったように思うの、そういう犯人当てが。奇妙で刺激的で……でも、何だかすごく不可解な印象の。『ぬえ』っていう言葉にもね、その言葉自体なのかそのイメージなのかは分からないけれど、何となく……」

「『それはあった』ということで、とりあえず良さそうですね」

法月くんが真顔で云い、横で我孫子くんが「うんうん」とまた相槌を打った。

6

それはいつだったのか？

「次の問題は――」

云って小野さんが、二つめの問いを書き込んだ。

「『それはいつだったのか？』ね。つまり、その犯人当てはいつ書かれたのか。そして、わたしたちはいつそれを聞いたのか、あるいは読んだのか」

この四人が揃って……というところで、時期はおのずと絞り込めることになる。ミステリ研の例会に四人が参加して、リアルタイムでその犯人当てを聞いたのだとしたら、それは我孫子・法月が入会してから小野さんが卒業・就職するまでのあいだ――すなわち、一九八三年度のどこかであったはず、なのだが。

「例会で発表された作品なのかどうか、っていうのがやっぱり一つ、重要な点ですね」

と、法月くんが云った。

「そうであれば、ボックスのあの一覧表に記入されているはずですから」

「でもきょう、我孫子くんは表を見ても、ぴんとくるタイトルがなかったのよね」

小野さんが云うと、我孫子くんは「いやいや」と応じて、

「ざっと見ただけやったから、見落としたんかも。見ても気がつかんかったのかもしれんし」

「だったら、ちゃんと確かめてみようか」

と、私が云った。酔っ払いの我孫子くんは、驚いたように目をしばたたかせて、

「今からまたボックスへ行くん？」

大真面目《まじめ》にそう云うので、私は「まさか」と苦笑してしまった。

「むかし雑誌の取材を受けて、きょうみたいにボックスで写真を撮ったことがあって。あのときの写真に確か、壁の一覧表がしっかり写っているのがあったはず……ちょっと探してくるね」

書庫へ行き、資料の棚から目的の雑誌を探し出すのに十分ほどかかっただろうか。記憶どおりの写真が見つかったので、それを人数ぶん拡大コピーしてきて、三人に配った。

「ちょうどほら、一九八二年から八四年あたりのタイトルが、この写真には収まってるし――」

私は手もとの写真から目を上げて、「どう?」と意見を求めた。

「懐かしいわねぇ」

と云って、小野さんが顔を綻《ほころ》ばせた。

「この辺のはほとんど憶えてるなぁ」

「八二年の第一〇〇回が、綾辻さんの『屋根のない密室』だったんですね。これ、原稿を読ませてもらいましたっけ」

と、法月くん。

「そうそう。四回生の夏合宿で発表したの」

「小野さんの『布川《きぬがわ》家の惨劇』が九六回。これは知らないなあ」

「それも八二年だから、法月くんはまだ高校生ね」

と、小野さん。法月くんは「はあぁ」と長い息を吐いてから、改めて写真に目を寄せ、

「とりあえず注目するべきは八三年度の作品、ですよね。ええと、年度の最初が一一二回で『恋人たちのアリバイ』、一一三回が『大きな栗《くり》の木の下で』、一一四回『Yes

Yes Win』……」

八三年度は第一二九回まであって、だから発表された犯人当ては全十八作である。私もタイトルを順番に追っていったが、作品によって程度の差はあるものの、たいていのタイトルが記憶に残っていた。しかし……。

「〝幻の犯人当て〟に該当するようなものは、どうもこの中にはなさそうですね」

と、法月くんが云った。私も同じ意見だったが、念のために繰り返し、表に並んだ作品名・作者名と自分の記憶を突き合わせてみる。

第一二〇回に「白い僧院はいかに改築されたか？」があった。法月くんが入会してまもなく書いた犯人当てで、これなどは発表のときの状況まできちんと思い出せる。いきなりこんな完成度の高い作品を……と舌を巻いた憶えがあるが、この「白い僧院」をプロトタイプとしながら、のちに作家・法月綸太郎は第二長編『雪密室』をものしたのだった。

第一二七回には「英雄の殺人」がある。これが我孫子くんの犯人当てデビュー作。確かそう、発表の場にわざわざラジカセを持ってきて、ＢＧＭ（それが手がかりの一つにもなる、という）を流しながらの朗読だったような……。

「このころって原稿は手書きで、発表は朗読形式だったよねえ」

いかんせん今から三十四年前、なのである。ワープロもパソコンもまだまだ普及していなかったし、原稿のコピーを取るにしても大変に費用が嵩《かさ》んだ。だから犯人当ては基本、例会で一度朗読したらそれでおしまい。原稿は作者が持ち帰ってしまうものだったので、それらのテクストが資料として保存されることも、基本的にはなかった。

「九〇年代の後半から、プリントアウトした原稿をコピーして全員に配って、時間内に読んでもらって……という形式に移行したんですよね」

受けて、法月くんが云った。

「昔は朗読だったんだって聞くと、今の学生はびっくりするっていいますし」

「その辺はほんと、変わったんだなあ」

「まあ、三十何年も経ってますから」

このような犯人当て談義は、午後のK＊＊新聞社での鼎談でもひとしきりしたばかりだった。そのときにも改めて思ったし、今こうして話していてもやはり思ってしまうのは、当時のこの〝犯人当て体験〟は私たちにとって、とても特別な意味や価値を持っているのだなあ——ということである。これくらい時間が経って振り返ってみると、よけいに強くそう感じられる。

そもそもは創設時のメンバー（「オリジナルメンバー」を略して「オリメン」と呼ばれている）が、かつて探偵作家クラブ「土曜会」で行なわれていたという余興を真似《まね》て始めたことだった。以来、それがすっかり定例化していき、私が入会した時期には「会員は卒業までに（できればなるべく早くに）必ず、少なくとも一作は犯人当てを書くべし」という不文律ができていた。他大学のミステリ研究会ではあまり聞かない話である。

少年時代からミステリ作家に憧《あこが》れ、早々に自分でもミステリの創作を始めた私だったのだけれど、高校生のころはミステリと呼べるような小説はまったく書けずにいた。いずれはミステリ（しかも「本格」の二文字が付くような——）を書きたい、書かねばと思いつつも、今の自分にはまだ無理な気がして、非ミステリ系の習作に寄り道をしていたのだ。

ところが、大学生になってミステリ研に入ったとたん、この「書くべし」である。「まだ無理」と云って逃げてもいられなくなってしまい、私は腹を決めて、一回生の冬には初めての犯人当てを書いて例会で発表したのだった。

思えば——。

のちに、ここにいる私たちは全員が小説家を生業《なりわい》とするようになった。小野さん以外の三人はそれぞれ、三十数年前の当時から「ミステリ作家志望」を口にしていたのだけれども、いくら願ったところでそんな志望は夢のまた夢……あのころの状況としては本当に、限りなくリアリティの希薄な夢物語でしかなかったのである。

どうやったらミステリ作家になれるか、ということもあまりよく分かっていなかった。出版界の〝中央〟はあくまでも東京だったので、そこから離れた京都の学生は、今で云うところの「情報弱者」だったのだ。OBに出版関係者がいるわけでもなかったし、当然ながら今のようなインターネット環境も存在しなかった。だからまあ、「江戸《えど》川乱歩《がわらんぽ》賞に応募してみる」という方法くらいしか思いつかなかったわけだが、小説を書く技量の問題以前に、自分たちが好むようなタイプのミステリはおそらく歓迎されないのだろうな、という気がしていた。出版社にちょくせつ原稿を持ち込んでみても、きっと取り合ってなどくれないだろうし……と、そのような現実認識もあったと思う。しかし——。

そんな時代、そんな環境であったからこそ、私たちはあの時期、あんなにも夢中になれたのだろうと思うのだ。ミステリ研の例会での犯人当てという、ある意味で子供じみた、ある意味ではひどくいびつな、けれども最高に純粋なミステリの〝形〟との戯《たわむ》れに。その戯れの中で、当時の商業出版では〝時代遅れ〟と見なされがちだった

「本格ミステリ」への夢を育《はぐく》みながら……。

……閑話休題。

一九八三年度に例会で発表された犯人当ては、先にも記したとおり全十八作。その中に、私たちの誰かがぴんとくるタイトルは一つもなかった。タイトルに「ぬえ」あるいは「鵼《ぬえ》」や「鵺《ぬえ》」の文字が含まれるものもなかった。翌八四年度に発表された作品もひととおり見ていったのだが、これも結果は同じであった。

「『いつだったのか？』＝『いつ聞いたのか？』の『いつ』が八三年度であるのはたぶん、間違いないとして」

小野さんが云った。

「それは例会で発表された犯人当てではなかった、っていうこと？　――だとしたら、じゃあどんな可能性があるのかなぁ」

「八二年度以前の、たとえば初期の名作がリバイバルで発表された、とか」

法月くんが答えたが、すぐにみずから「違うか」と否定して、

「そんなリバイバル犯人当ては、あの年にはなかったように思います。それに、初期に発表された名作はたいてい、『フーダニットベスト』に収められていますから」

『フーダニットベスト』とは名のとおり、ミステリ研の「犯人当て傑作集」である。

例会で発表された犯人当ての中でも「これは良い、すごい」と評価されたものを選《え》りすぐってまとめられた冊子で、私が入会したころにはすでに第二集までがボックスの棚に並んでいた。それらは今でも読めるものとして残っているから、そこに収録された作品が〝幻の犯人当て〟と化すことはないはず、である。

「可能性を云うなら、『いつ』が八四年度以降だった可能性もゼロではありませんよね。小野さんが卒業後に遊びにきたタイミングでたまたま、という。小野さん以外は例会で聞いて、小野さんはあとで原稿を読んだ、という可能性も」

法月くんは酒が入っていても、冷静な口調を崩さない。我孫子くんはさっきから、腕組みをしてソファに沈み込み、うとうとしていた。

「でもわたし、あのときはみんなと一緒だった気がするのよね。『読んだ』んじゃなくて『聞いた』っていう記憶もあるし」

「私もそんな気がします。八四年度は私、編集長を務めましたから、あの年の例会の内容は洩《も》れなく把握して、『ミステリ研通信』に毎号『活動記録』を書いていたんです。その記憶を辿《たど》ってみても、〝幻の犯人当て〟に該当しそうなものはなかったような……」

『ミステリ研通信』とは、当時は二ヵ月に一号ほどのペースで出ていた内部向けの会誌。これとは別に毎年、十一月の学園祭（正式名称「十一月祭」）での販売を目的として製作される外部向けの会誌が、今ではそこそこの知名度を誇る『蒼鴉城《そうあのしろ》』である。

「だからやっぱり、『いつ』は八三年度のどこかで決まり、だと思うんだけどな」

「そう云えば」

と、ここで私が口を開いた。

「例会で発表はしたものの作者の意向で〝取り下げ〟になるケースが、まれにあったんじゃなかったっけ。出来に納得がいかない……ロジックに致命的な穴があるとか、そんな理由で」

「ああ、はいはい」

と、法月くん。

「初期のころは少なくなかったって聞きますね。オリメンの人たち、そこのところはとてもストイックと云うか、厳しかったんだなあと」

「うん。〝取り下げ〟になると、『第何回』っていうカウントからは外されて、ボックスの一覧表にタイトルが記入されることもない。だから……」

「〝幻の犯人当て〟もそのケースだったんじゃないか、と？」

法月くんはいったん頷いたが、すぐに首を左右に振って、

「私が入会してからは、そういう〝取り下げ作品〟はなかったと思うんですが」

「うーん。やっぱり?」

云いだした私にしても、八三年から八四年ごろにそんな特殊ケースがあったという記憶はない。思いつく「可能性」を挙げてみただけだった。

『『聞いた』んじゃなくて、たとえば『ミステリ研通信』に原稿だけが掲載された犯人当てがあって、それを『読んだ』のかも」

と、これは法月くんが挙げた「可能性」。今度は私がすぐに応えて、

「だったら、麻耶くんが知らないはずはないよね。彼のことだから、『通信』のバックナンバーはぜんぶ読んでいるだろうし。もちろん『蒼鴉城』も『フーダニットベスト』も」

「そうよねぇ。それに、わたしはやっぱり、『読んだ』んじゃなくて『聞いた』っていうイメージが強いのよね」

と、小野さんがアピールする。私は「ううむ」と唸《うな》った。

「じゃあ、ほかにどんな可能性が?」

「他大学のミステリ研との交流の場で、っていうのは? 京大じゃなくて、別のミス

テリ研の会員が発表した犯人当てだった、とか」

「そんな交流会があの時期、ありましたっけ」

と、法月くん。小野さんが「さあ」と小首を傾げるのを見て、「いや」と私が答えた。

「あのころ、たとえば十一月祭のときには他大学の人たちがミステリ研の部屋を覗きにきたものだけど、その場で京大の有志が自分の犯人当てを披露することはあっても、その逆はなかったはずだし。他大学のミステリ研にみんなで遊びにいった憶えもないし……」

そう云いながらもこのとき、私は「他大学の」というこの言葉に何か、ささやかな引っかかりを感じていた。——ような気もするのだが。

「ある程度の絞り込みは進んだけれど、何だか〝謎の犯人当て〟感は増してきたわねえ」

と云って、小野さんが新しい煙草をくわえた。法月くんが応えて、

「作者が誰だったのかも当然、大きな問題です」

「そう。次はそれね」

頷いて、小野さんがノートに新たな問いを書き込んだ。

それは誰が書いたのか?

7

〝幻の犯人当て〞とも呼ぶべきそれは、あった。私たち四人はそれを、小野さんの記憶によれば、同じ場で一緒に聞いた。聞いたのはたぶん、三十四年前——一九八三年度のどこか。ただし、歴代犯人当ての一覧表を見る限り、それは例会で発表された作品ではなかったと思われる。——では。

それを書いたのは誰だったのか?

……………

……………

……………

沈黙がしばし、続いた。

法月くんと小野さんは、一覧表の写真にときどき視線を落としたりもしながら、それぞれに無言で考え込んでいる。私も同様だった。我孫子くんは腕組みをしたままうとうとしつづけていた。

あの時期のミステリ研の会員の顔を、一覧表にある犯人当ての作者名を参照しながら、ぼんやりした記憶の中から拾い上げようとする。たぶんそう、私たち以外に二十名近くいたように思う。あの中の誰かが？　──誰が？

グラスの中身がとうに空っぽだった。私はコーヒーが欲しくなって、ソファから立ち上がった。

「小野さんもコーヒー、飲む？　温かいの、淹《い》れるけど」

「あ、はーい」

「あのぅ、私もコーヒー、お願いできますか」

と、法月くん。我孫子くんはやはりうとうとしていて、無反応だった。

「じゃあ」と応えて私は、リビングとキッチンのあいだのカウンターへ向かったのだけれど、そこで。

ぐらあっ

とまた、先ほどと同じような眩暈が。

動きを止めて、軽く頭を振った。するとあっさり眩暈は退散したのだが、そのとき不意に——。

何かが一瞬、心に浮かんだのだ。

何か……影が。薄い灰色の、ぼやけた輪郭《りんかく》ではあるけれども人間の形をしている、何かの……いや、誰かの、影が。

……なに？

何だろう、これは。

——と思ったときにはもう、その影は消え去っていたのである。ところが、ちょうど同じタイミングで、

「当時の会員の、だいたいの顔や名前は思い出せるんですけど」

法月くんが云いだしたのだった。

「でも今、ふと思ったんですが、あの時期に誰か、い、い、いなくなつ、た、人がいませんでしたっけ」

「いなくなった？」

と、小野さんが小首を傾げた。

「ええ。入会したものの、卒業まではいなくて途中で退会したという」

「毎年、初めの何ヵ月かで来なくなる新入生はいたと思うけれども」

と、私が口を挟んだ。

「そういうパターンじゃなくて……つまり、入会していったん定着して、犯人当てまで書いて発表したのにやめた、というケースなんですが」

「ははあ。——どうだっただろう」

「こう云いたいわけね、法月くん」

小野さんが云った。

「その誰かが〝幻の犯人当て〟の作者だった、って。彼もしくは彼女は、一作だけ犯人当てを発表したんだけど、その一作を〝取り下げ〟にしてミステリ研をやめてしまった」

「八三年度に〝取り下げ〟はなかったっていう話だったよね、さっきは」

私が云うと、小野さんは「それは——」と小声で呟いてから、「うん」と独り頷いて、

「それがね、結果として、みんなの記憶からするりと抜け落ちてしまうことになったの。作者が退会していなくなる＝消える、という出来事に連動するようにして、その犯人当てについてのわたしたちの記憶も、完全に消えはしなかったものの、ひどく曖昧になってしまって……とか？」

「何だか怪しい話ですねえ」

と、法月くんが応じた。小野さんは悪戯っぽく微笑《ほほえ》んで、

「怪しいよねぇ」

「そういうふうに語りだすと、得体の知れない感じが、ますます……」

「得体の知れない……ん、確かに」

笑みを止めて、小野さんは云った。

「やっぱりぬえ、なのよねぇ」

そうして彼女はまたペンを持ち、ノートに新たな問いを書き込んだのである。


それは何だったのか？

8

それは何だったのか？　――すなわち。

それはどんな内容の犯人当て小説だったのか？　という問題である。

一九八三年度のどこかで私たちが聞いた、〝幻の犯人当て〟と呼んでもいいような作品。――我孫子くんは「すごく奇妙な印象の」と云い、法月くんは「私の印象としては、すごく刺激的な」と云う。私の記憶からは「すごくどきどきするような」というイメージが湧き上がってきたが、小野さんの口からは「奇妙で刺激的で……でも、何だかすごく不可解な印象の」という言葉が出た。

奇妙な。刺激的な。どきどきするような。不可解な。――どれもが犯人当て作品に対するものとしてはポジティヴな評価だけれど、どれもが抽象的・感覚的な表現でしかない。具体的なのは唯一、「ぬえがどうのこうの」ということだけで、これは我孫子くん以外の三人が「そのように思う」ところなのだが……。

頭の中のもやもやが作りはじめた、ぼんやりした〝形〟。それを、もっとくっきりした輪郭をもって捉《とら》えようとするのだけれども、なかなか思うようにいかない。少し手を伸ばせば触れられそうな気もするのに、いくら手を伸ばしても触れられない。

――まるでそう、あたかもそれが〝本物の幻〟であるかのように。

「ぬえと云えば」

法月くんが口を開いた。

「横溝正史《よこみぞせいし》の『悪霊島《あくりようとう》』が出たのが、一九八〇年でしたよね。確か翌年には映画化されて……」

「『鵼の鳴く夜は恐しい』ね？」

と、小野さん。法月くんは「はい」と頷いて、

「それが映画のキャッチコピーでしたね。原作に出てくるフレーズはちょっと違って、『鵼のなく夜に気をつけろ』だったと思うんですが」

うむ。確かにそうだった、と思う。

二〇一七年の現在では、「ぬえ」と聞いて思い浮かぶのはまず『鵼の碑《いしぶみ》』――という愛好家も多いだろう。京極夏彦《きょうごくなつひこ》「百鬼夜行《ひゃっきやこう》」シリーズの次作としてずいぶん前に執筆が予告されたものの、いまだに発表されていない長編のタイトルである。しかしもちろん、一九八三年の時点ではまったく事情が違ったわけで……「ぬえ」と云えばやはり、すぐに連想されるのは『悪霊島』だったのだ。これはつまり、八〇年に刊行された『悪霊島』を読んで、当時の私たちは「ぬえ」なる言葉とそのイメージを強烈に刷り込まれた、ということである。八三年にミステリ好きの学生が書いた〝幻の犯人当て〟が、「ぬえがどうのこうのっていう話」だったのも、そんな時代背景を考えれば「なるほどな」と思えるが……。

……にしても。

〝幻の犯人当て〟において「ぬえ」は、いったいどんな役割を担う要素だったのだろう。タイトルか、タイトルの一部分か、あるいは……。

酒を飲んでもいないのに少し酔っているような、何だかくらくらする頭で考えながら——。

コーヒーのドリップが完了するのを待つあいだに私は、窓辺に寄って窓を開けた。冷たい空気を吸うことで、多少なりとも思考がクリアにならないかと思ったのだ。

——すると。

神社の森のほうからまた、何かの鳴き声が聞こえてきた。——ような気がした。

ああ……あれはやはり、鳥の鳴き声か。

しかし、こんな真夜中に？

フクロウやアオバズクなど、たまにあの森から聞こえてくる夜の鳥たちの声ではない。少なくとも私はこれまでに聞いた憶えのない、受け取り方によっては何やら気味の悪い、得体の知れない……。

「……ぬえ？」

思わず呟いてしまった。

「ひょっとして……」

鳴き声がまた聞こえ、私は窓の外に目を凝《こ》らす。まだ霧が出ていて、庭園灯のオレンジ色がひどく滲《にじ》んで見える。

「あれはトラツグミじゃないからね」

胡乱な私の心中を見透かして、小野さんがそう云った。辞書的には、「ぬえ【鵺・䳓】」はまず「トラツグミの異称」なのである。辞書を引かなくても『悪霊島』を読めば分かる。

「鳴き方がぜんぜん違うし。この辺でトラツグミの声、わたしは一度も聞いたことないし」

「あ……そうなの？」

「あれはホトトギス。最近ときどき、聞こえてるでしょ」

「え……そうなの？」

「ホトトギスはこんな感じで夜中に鳴くこともあるの。――って、前にこの話、しなかったっけ。大丈夫？　綾辻さん」

「うう……」

あまり大丈夫じゃない。――ような気がしてきて私は、長い吐息とともに窓を閉めた。

コーヒーはこのあと結局、小野さんが引き継いで淹れてくれたのだった。三人ぶんのカップがテーブルに置かれ、法月くんが「いただきます」とカップの一つに手を伸ばしたところで——。

「でもまあ、ぬえと云えばやっぱり妖怪よねぇ」

小野さんが真顔でそう云った。法月くんがそれに応えて、

「源頼政《みなもとのよりまさ》が宮中で射落とした怪鳥、ですね。頭は猿、胴は狸《たぬき》、尾は蛇、手足は虎《とら》……でしたか」

『平家物語』ではそのように描かれているという。これが『源平盛衰記』だと「頭は猿、背中は虎、尾は狐《きつね》、足は狸……」になる。要はさまざまな獣が合体したような、得体の知れない化物である。そこから転じて、正体不明の人物や曖昧な態度なども「ぬえ」と呼ぶようになった。

——というのが辞書的な解説。もちろんこの辺も『悪霊島』を読めば分かる。

「『ぬえの密室』やったな」

と、ここで我孫子くんが復活した。相変わらずソファに沈み込んでうとうとしているようだったのが、急にむくっと顔を上げ、上げるなりそう呟いたのである。

「『ぬえの密室』って」

小野さんがすぐに反応した。

「それがタイトル、なの？」

「ああ、うん。ふと今、思い浮かんだんやけど……違うかなあ」

と、我孫子くん。復活したと云っても酔いから覚めたわけではないので、呂律《ろれつ》はいささか怪しい。

「『ぬえの密室』ねえ」

コーヒーをひとくち啜《すす》ってから、法月くんが呟いた。

「ああ……云われてみれば、そんなタイトルだったような気も」

「『ぬえの密室』かぁ」

私もコーヒーをひとくち啜り、呟いてみた。――が、頭の中のもやもやは依然としてはっきりした〝形〟にはならず、輪郭を摑《つか》ませてもくれない。

「じゃあ、そうね、とりあえずタイトルは『ぬえの密室』だったっていうことにしましょうか」

云って、このとき小野さんが私のほうをちらりと見た。何やら意味ありげな視線である。――ような気がしたのだが、私は「はて」と首を傾げるばかりで……。

「もう少し何か、具体的な内容を思い出せない？」

小野さんが三人に向かって問いかけた。

「どんなプロットの作品だったのか。どんな謎があったか。どんなトリックやロジックが使われていたのか」

9

「ぬえの、密室……ぬえの……ぬえ、ぬえ……」

グラスに残っていた何杯めかのワインを飲み干して、我孫子くんがぶつぶつと同じ言葉を繰り返す。

「ぬえ、ぬえ……ぬえの……」

やがて「んんんー」と低く長く唸って、それから「あ、そっか」と独りごちた。

何か思い出したのだろうか。だとしたら、〝幻の犯人当て〟に関する麻耶くんとのやりとりを聞いても察せられるわけだが、もしかしたら我孫子くん、素面《しらふ》では忘れていることも酔えば思い出す、という性質があるのかもしれない。

「何か？」

私が問うと、我孫子くんは「いや」と首を捻りながら唇を尖《とが》らせ、

「でも……んー、たとえばこんな感じかな」

そう前置きをして、このように語ったのである。

「どんな密室が出てきてどんなトリックやったんかとか、その辺は何も思い出せへんのやけど……『ぬえの』って付くくらいやから、ほら、真相にいろんな形があったんと違うかなあ」

「いろんな形の、真相？」

「うん、そう。解決篇がいろいろあって、一つに収束することがないような。当時のミステリ研の犯人当てとしては邪道なんやけど、そこが奇妙で新しかったっていう……」

「いわゆる多重解決もの？」

「というのとは違って。たとえば解決篇が三つに分岐して、三とおりの答えが出てくる、みたいな」

「ははあ」と頷いてしまってから、いや待てよ、と思った。

確かに当時の犯人当てとしては型破りだったかもしれないが……これはしかし、いかにも『かまいたちの夜』を手がけた我孫子武丸が好みそうな話ではないか。加え

て、私の頭の中にあるもやもやした〝形〟とは、あまり響き合うところがない。

「法月くんは？」

と、小野さんが質問を振った。

「何か内容について、思い出せない？」

「そうですねえ」

法月くんはコーヒーをまたひとくち啜ってから、おもむろに口を開いた。

「『ぬえの密室』とは云っても、必ずしも密室トリックがメインに来るわけじゃなくて……『密室』はむしろ、象徴的な装置なんですね」

「と云うと？」

「『ぬえ』という形の定まらないものが『密室』に封じ込められている状態、それ自体の意味を問うような——とでも云うのでしょうか」

言葉の一つ一つをゆっくりと選ぶようにして、法月くんは語る。

「するとそこには、箱を開けてみるまでその生死が決定できない『シュレーディンガーの猫』的な問題も関係してきて……一方でそう、死体のそばにはダイイング・メッセージが残されていたんです。それが『ぬえ』という文字だったのかもしれませんね。このメッセージは本物なのか偽物なのか、をはじめとして、事件の至るところに真偽の判定が困難な手がかりがちりばめられていて……」

ある種、量子力学的な「密室」の解釈。手がかりの真偽を見きわめるための複雑なロジック。……なるほど。もしも「ぬえの密室」がそのような作品だったのであれば、当時としてはかなり先鋭的・刺激的であったに違いない。――だが、しかし。先の我孫子説と同じでこれは、いかにも「後期クイーン的問題」を深く考察してきた法月綸太郎が好みそうな話ではないか。加えてやはり、私の頭の中にある〝形〟とは響き合うところがない。――ような気がする。

「わたしは――」

と、小野さんが続いた。

「『ぬえ』っていう化物の怖さが、もっと前面に押し出されていたようなイメージが」

「怖いの？」

「犯人当てなのに？」

と、私が訊いた。

「そうなの。もちろん事件はあるレベルのロジックで解決されるんだけど、それでも妖怪ぬえは現実に存在しているかもしれない。そういう怖さが全編を覆っていて……」

そんなふうに語る小野さんは、さっきまでよりもいっそう楽しげに見えた。口もとにまた、悪戯っぽい笑みが浮かんでもいる。

これも……うむ、いかにも『東京異聞《とうけいいぶん》』や『黒祠《こくし》の島』などを書いてきた小野不由美が好みそうな話だが。私自身もその種のミステリをたいへん好む者ではあるのだけれど、頭の中にある〝形〟と響き合うところはやはり、あまりなかった。

新しい煙草に火を点けながら、私は「ううむ」と考え込んでしまう。

……何だろう。

何なんだろうか、この不思議な展開は。

「もう少し何か……思い出せない？」という小野さんの問いかけに対して、彼女自身を含む三人が示した今の〝答え〟は、何だかどれも〝答え〟にはなっていない。――そのように思える。

何と云うか……そう、むかし聞いた「ぬえの密室」の内容を思い出そうとして記憶からサルベージした〝答え〟なのではなく、「ぬえの密室」というお題を与えられた作家たちが、各々の趣味や興味や願望に合わせて膨らませた妄想なのでは？　――そんな気もしてくる。

我孫子くんと法月くんがどうなのかは分からないが、少なくとも小野さんは、自覚的にそれをしたのだろうと思う。いやに楽しげな様子や悪戯っぽい笑みから、そう察せられるではないか。その前の、私への意味ありげな視線も気にはなるのだが……。

煙草を一本、吸いおえるまでのあいだに私は、だんだんと胡乱な心地になってきた。ここでもしも立ち上がるなどしたら、またしても妙な眩暈に見舞われそうな予感にもかられつつ。

ああ、ひょっとしたら——と、私は考えてしまうのだった。

三十四年前に〝幻の犯人当て〟を書いた作者＝Xは、実はこの中の誰かなのではないか。

我孫子くんか法月くんか、小野さんか。——誰かが実はXなのだが、あとの二人と私はなぜか、そのことをすっかり忘れてしまっている。この状況に乗じてXは、自分も忘れた＝知らないふりをして話を合わせているのだ。何か理由があって、この場では事実を隠しておきたくて……いや、待て。隠しておきたいわけではないのかもしれない。実際、べつに隠す必要などないのだから……つまり。

もしかしたらXは——X自身も、自分が昔それを書いたという事実を忘れてしまっているのかも……って、いやいや、待て。いったいそんなことがありうるだろうか。

「意外な犯人」（『どんどん橋、落ちた』所収）の語り手「僕」じゃあるまいし……。

「綾辻さんは？」

ぐらぐらする私の心中を見通しているのかいないのか、小野さんが楽しげな表情を変えずに訊いた。

「内容について何か、思い出せないの？」

「あ……うん」

私は内心ちょっと焦りながら、

「ええと……『ぬえの密室』だよね。うん。『ぬえの密室』……」

ここで改めて、「ぬえの密室」というタイトルを声に出して呟いてみたのである。

ところが、すると記憶のどこかからじわり、と滲み出してくるイメージがあって、それが頭の中のもやもやした〝形〟と響き合って……。

おや、と自分でも驚くうち、自然と言葉が口を衝《つ》いて出はじめた。

「タイトルはやっぱりそれ、『ぬえの密室』で間違いなさそうだね。『ぬえ』はさまざまな動物のキメラだから、この『密室』も同じくキメラなんだな。云ってみれば、異質な謎の複合体、異質なトリックの複合体で……結果として、捉える角度によって一つの事件の〝形〟がさまざまに変化する。現場が密室に見えたり非密室に見えたり、死体が血まみれに見えたりそうじゃなく見えたり、ダイイング・メッセージが残されているように見えたり何も残されてないように見えたり……と、そんな感じだったんじゃないかなあ」

「それで『ぬえの密室』。——なるほどね」

小野さんが何やら意味ありげな微笑とともに頷くのを見ながら、私はひそかに自問してみる。

いま語ったそれは、私が三十四年前に聞いた犯人当てに関する記憶なのか？ あるいは、もしかして私が、三十四年前にみずから書いた犯人当てに関する記憶なのか？

作者＝X自身も、自分が昔それを書いたという事実を忘れてしまっている。——そんな可能性を考えるのならば、どうしてもそれはこの私自身にも及んでこざるをえないではないか。「意外な犯人」の語り手「僕」じゃあるまいし……と云って切り捨ててしまえるほど、今の私は自分の記憶に対する信頼を揺るぎなく持てない。それこそ「深泥丘奇談」連作の語り手「私」さながらに、である。

「あ、ちょっと失礼」

と云って、私はソファから立った。

「煙草が切れた。取ってくる」

そうして、煙草のストックが置いてある書斎へ向かおうとリビングから廊下に出たところで、例の眩暈が急にまた降りかかってきたのだった。しかしながら先ほどと同じく、軽く頭を振るとあっさり眩暈は退散し、先ほどと同じくそのとき不意に——。心に浮かんだのである。

影が、一瞬。

薄い灰色の、ぼやけた輪郭の……何かの、誰かの影が。

10

この夜、私たち四人が〝幻の犯人当て〟を巡ってこれ以上の議論をすることはなかった。

「ぬえの密室」というタイトルは見えてきたものの、その作者が何者だったのかは結局、はっきりしないまま。内容についても結局、詳細はおろか確定的なことは何も分からずじまい。——だったのだけれど、各々の趣味や興味や願望が入り混じって生まれたような各々の意見を述べ合って、各々に何となく気が済んでしまったようなところがあった。——ような気もする。

とっぷりと夜も更けて、歩いて帰れるくらいの近所に家がある法月くんが、「では、私はそろそろおいとまを」と云って腰を上げたとき。

「そんなものは実際にはなかった。――という結論でも、べつにええんと違うかなあ」

しばらくまたうとうとしてた我孫子くんがむくっと顔を上げ、上げるなりそう云った。

「そもそもがほら、麻耶雄嵩が云いだしたことやしなあ。あいつは基本、ええかげんやから」

「〝幻の犯人当て〟の件を我孫子くんから聞いたということ自体が、麻耶くんの作り話だったと？」

まあ、その可能性もないではないか。――と思いながら私が云うと、我孫子くんは
「うんうん」と頷いて、

「あいつは基本、嘘《うそ》つきやから」

「そこまで云うのは可哀想《かわいそう》」

小野さんが苦笑した。

「昔から麻耶くん、ミステリ研の先輩が相手だとつい、甘えちゃうのよねぇ。――で

も、その話を聞いて法月くんが『ぬえがどうのこうの』って云いだしたのは？」

「それはたまたま……と云うか、法月綸太郎の妄想やったんや」

「そうじゃなかったという証明はできませんね」

受けて、法月くんも苦笑した。

「しかし妄想と云うのならば、今夜のこれは私たちみんなの妄想かもしれませんよ」

11

ひと晩うちに泊まっていくことになった酔っ払いの我孫子くんは、来客用の寝室へ案内するなりベッドに倒れ込み、ほぼ一瞬で完全に眠り込んでしまった。リビングに戻ると私は、小野さんにリクエストして温かい紅茶を淹れてもらい、自分は換気のために窓を開けた。

霧はもうすっかり晴れていて、夜空には雲の影一つない。森から聞こえてくる鳥の声もなかった。

ダイニングテーブルで紅茶を飲みながら、私たちはしばらく他愛もない雑談をして過ごした。時刻は午前三時半。長年、極端な夜型生活を続けている私だが、鼎談のために早起きをしたのできょうは睡眠不足である。普段ならまだまだ目が冴《さ》えている時間帯なのだが、さすがにそろそろ眠い。

「最後はあんなふうに云ってたけれど——」

二杯めの紅茶をポットからカップに注ぎながら、小野さんがおもむろに云いだした。

「少なくとも法月くんは、うすうす気づいていたのかもしれないわねぇ」

私は意味を取りあぐねて、「んっ？」と首を傾げた。

「気づいていた……って、何に」

「三十四年前の、〝幻の犯人当て〟の真相に」

当たり前でしょう、というふうに答えて、小野さんは私の顔を見る。私は何とも言葉を返せず、眠くてしょぼしょぼする目をこすった。

「そっか。綾辻さんはやっぱり、思い出せないままなのねぇ」

「——と云われても」

はて、どういうことなのだろうか。

「でも、そうね、わたしも途中まではすっかり忘れていたから。この場合、もしかしたら当事者にかけられた呪《のろ》いがいちばん強力なのかもしれないし」

「呪い？」

「呪いは比喩《ひゆ》ね。正しくは封印」

「封印？」

首を傾げるばかりの私を、興味深そうなまなざしで見すえながら――。

「仮にタイトルを『ぬえの密室』としようか」

いくぶん芝居がかった調子で、小野さんはそんな台詞《せりふ》を口にしたのである。

「憶えてない？　そう云って綾辻さんはあのとき、その話を始めたの。――憶えてないのねぇ」

そこまで云われても、私には意味がよく分からなかった。三十四年前の記憶のその部分は、相も変わらず曖昧で不如意で、ただもやもやとした何かの〝形〟が感じられるだけで……。

「小野さんはとっくに分かっていたわけ？」

問うと、彼女はいささか心もとなげにではあるが頷いて、

「何から何まで、ではないけど、大筋はね。我孫子くんから『ぬえの密室』っていうタイトルが出たあたりで、やっと」

何やら意味ありげに感じた彼女のあの視線は、そのせい、か。

「にしても、みんなしてこんなに忘れちゃうものなのねぇ。具体的な内容についてもなぜか、記憶はあやふやなままだし。〝封印〟の効果だと考えるにしても、ちょっと忘れすぎ。まあ、三十四年も時間が経ってしまったんだから、仕方ないのかな」

「それは……うん、みんな年も取ったしね」

「真相、聞きたい？」

「うん、そりゃあ……」

小野さんはうっすらと笑みを浮かべて、「じゃあ――」と応じた。そうして彼女の知る「真相」を、私に語ってくれたのだった。

「一九八三年の秋の、たぶん十一月の中ごろだったと思う。例会のあと、みんなで〈らんぶる〉へ行ってお喋《しゃべ》りをして……っていうのが、あのころのパターンだったでしょう」

〈らんぶる〉というのは当時、京大近くの百万遍《ひゃくまんべん》界隈にあった喫茶店。なくなってしまってもう久しいが、今でも店内の情景は鮮やかに思い出せる。小野さんの云うとおり、私たちはしばしばこの店の二階に集まって、営業が終了するまでえんえんと歓談を続けたものだった。

「あそこである夜、綾辻さんが突然、『あっ』と声を上げたのよね。あのころって綾辻さん、そういうことが多かったでしょ」

「ああ……まあ、そう云われれば」

「ああいう場所でわいわい喋っているとき、ふと何かアイディアが浮かんで『あっ』と声を上げるっていうことが。ね？」

「うん。――確かに」

「あのときも、それだったのよね。いつもの感じで『あっ』と声を上げて、ちょうどそのとき同じテーブルにいたのが、我孫子くんと法月くんとわたしだったの。ほかの会員も何人か店にはいたけど、離れたテーブルだったと思う」

記憶は定かではないが、小野さんがそう云うのであればきっと、そのとおりだったのだろう。

「そこで綾辻さん、さっきみたいに云ったわけ。仮にタイトルを『ぬえの密室』としようか――って。そしてね、思いついたアイディアをその場で犯人当ての形に膨らませて、わたしたちを相手に語りはじめたの」

「即興で犯人当てを披露した、と？」

「そう。あんなことって初めてだったから、みんなびっくりして。あのときは綾辻さん、何だかいやに興奮していて……でもって、そうして語られた犯人当ては、その場にいた誰もが感心してしまうくらい面白くて、よくできていて……」

と、ここまで聞かされても私は、何だか他人事のような感覚しか抱けず、「ふうん」と応えるばかりだった。しかし——。

もしも小野さんのこの話が事実なのだとしたら、三十四年前の十一月のその夜、当時二十二歳だった私の精神《こころ》に突然、「誰もが感心してしまうくらい」のアイディアが閃《ひらめ》いたことになる。なおかつ、そのアイディアを核にして、頭の中でまたたくまに犯人当てのプロットを作り上げてしまったのだ。——とすれば、そのときの自分の心理状態は想像して余りある。さぞや興奮したことだろう。ある種の陶酔感、さらには全能感めいたものすら覚えたかもしれない。普通なら誰にも話したりはせず、思いついたアイディアやプロットを持ち帰って独り原稿用紙に向かったのだろうが、そのときは興奮のあまり、すぐにでもみんなに披露したくなってしまって……。

「だからね、わたしたちは三十四年前、確かにその『ぬえの密室』という犯人当てを、一緒に聞いたの。まだ小説にはなっていない、骨組み＋αみたいな形ではあったけど、それを聞いて、問題篇のあとにみんなで推理をしてみたりもして……でね、すごいなって思った。なのに——」

「なのに？」

「なのに結局、綾辻さんはその後、それを小説の形にはしなかった。〈らんぶる〉でわたしたちに語って聞かせたきり、書かなかったの」

小野さんは真顔で、一貫して神妙な話しぶりでもあった。こんな局面で嘘偽りを並べるような人では決してないから、彼女の話はやはり、すべてが事実なのだろう。

——と承知しつつも、私はなかなか実感を持てない。かつて自分自身が、そのような〝書かれざる犯人当て〟を考案したという記憶が、どうしてもリアルに蘇ってこないのだった。

「綾辻さんはどうして、『ぬえの密室』を書かなかったのか？」

と、小野さんは真顔で続ける。

「初めにわたしが〝幻の犯人当て〟について、『不可解な印象』って云ったのはね、たぶんそこのところだと思うの。どうして綾辻さんは、あのときのあの『ぬえの密室』を、あとでちゃんと書かなかったのかなって。——ね？　わたしの気持ち、分かるでしょう」

確かにまあ、分かる。——ような気はするが。

「あのころの綾辻さん、その辺はものすごく貪欲《どんよく》な人だったのに。何か面白いと思えるアイディアを摑んだら、どんなに苦労してでも、相当な無理筋を押してでも、いつか必ず作品化する、したい——っていう、そんな構えだったよね。なのに……」

「『ぬえの密室』についてはそうじゃなかった。だからそれが、『不可解な印象』として残っていたわけか」

「——たぶん」

小野さんは言葉を止め、軽く息をついた。私はしかし、充分には納得がいかない。自分自身のことだというのに、いまだ実感をもって思い出せない問題が多々あるのだから、これは当然だろう。

「さっき、『封印』って云ったよね」

と、そこで私は小野さんに問うたのである。

「あれはいったい、どういう？」

「あれはね、綾辻さんが自分で云った言葉」

「僕が、自分で？」

小野さんは「そうよ」と答えてから、ゆっくりと両目を閉じ、開いた。

「確かあの年の、十一月祭が終わったあとだったかなぁ。例会後の〈らんぶる〉で、綾辻さんが云いだしたの」

「どんなふうに？」

「『ぬえの密室』は封印することに決めた、って。すごく真剣な声で、そう断言して。その場には我孫子くんと法月くんもいたと思う。わたしはもちろん、あのときはみんなとても驚いた様子だった。綾辻さんがあんな調子であんなことを云うのって、あれが初めてだったしね。その後もそんなこと、一度もなかったし」

「封印、ねえ。『ぬえの密室』はもう書かない、という宣言をしたのか」

すでに即興の犯人当てという形でそれを披露した相手である、小野さんたち三人に対して。同時に、その考案者である自分自身に対して——。

そのときに用いた「封印」という言葉が、長い年月のうちに結果として、私自身を含めた四人の、「ぬえの密室」にまつわる記憶を封じ込める働きをしてしまった？　まるで「呪い」のように？　——そういうことなのだろうか。そんなことがしかし、いったい起こりうるのだろうか。

どうにも混乱の収まらない頭を私は、のろのろと振りつづけていた。小野さんが火を点けた煙草の、甘やかな香りが鼻をくすぐった。そのせいなのかどうかは分からないが、不意に胸の底が鈍く疼《うず》いて、そこから何か熱い塊《かたまり》のようなものが迫《せ》り上がってくる感覚に囚われてしまい……。

「なぜ、だったのかなあ」

私は小野さんの顔に目を向け、問うてみた。

「なぜそんな、封印なんて」

「憶えていないのねぇ、そのことも。わたしもあのとき、あまり詳しくは聞かせてもらえなかったんだけれど」

云って、小野さんはちょっと拗《す》ねたように口を尖らせ、それから淡い笑みを広げた。

「たぶんそう、若かったっていうことねぇ。あのころの綾辻さん、今よりもずっと負けん気が強くて、そのぶん呆《あき》れるくらい純粋《ピュア》だったから。ことミステリに関しては、ね」

12

その夜（実際にはもう夜明けが近かったのだが）の眠りの中で私は、漆黒の翼を持つ一羽の巨鳥となった。

巨鳥は古都の夜空を自在に飛びまわる。飛びまわるうち、ここが現実の「私」が住まう「表」の世界なのか、「深泥丘」が存在する「裏」の世界なのか、その区別もだんだん曖昧になってきて、あげくに巨鳥はいともたやすく時空を超える。三十四年の時間《とき》をさかのぼる。

眼下に黒々とした川の流れが。あれは黒鷺川《くろさぎがわ》……いや、あれは鴨川《かもがわ》か。――大きく旋回しながら巨鳥は、川のほとりへと降下する。

河川敷《かせんじき》に設けられたベンチに、二人の若者が並んで腰かけている。一人は分厚い黒革のジャンパーを着た中背の青年。一人はグレイのロングコートを着ていて、もう一人よりも少し大人っぽくて上背もあって……。

川辺に降り立った巨鳥は闇《やみ》にまぎれ、闇に溶け散る。同時に「私」は虚空を渡り、革ジャンの青年の中へ滑《すべ》り込み、そうして「僕」となった。

……ここは。

ここは鴨川の、たぶんそう、出町柳《でまちやなぎ》から程近い河川敷の。

……寒い。

それはそう、今は十一月も下旬だから。秋ももうすぐに終わろうとしているから。

「気分は大丈夫？」

と、並んで腰かけた彼（……薄い灰色の）が云った（……誰かの、影が）。僕は殊勝《しゅしょう》に「はい」と答えて、

「ごめんなさい。本当にもう、すっかり迷惑をかけてしまって」

「まあまあ、これも何かの縁ですから」

何でもないふうに云って、彼はコートの襟《えり》を立てた。

「あ、寒いですよね」

「もうすぐ十二月やからねえ。そりゃあ寒いに決まってます」

「すみません、つきあわせてしまって」

「いや、この季節に男二人で夜の鴨川、というのも悪くないものです」

さっきまでは、終夜営業の喫茶店で向かい合っていた僕たちだったのである。ところが、僕が酔いざましに冷たい空気を吸いたいと云いだした。そのわがままに彼は、べつにいやな顔もするでもなくつきあってくれたのだった。

この夜の、ここに至るまでの経緯を、僕は部分的にしか憶えていなかった。

十一月祭で賑わう京大のキャンパスに、夕刻から遊びにきていたのは確かである。やむをえない成り行きがあって、そこで飲めない酒を飲まされてしまい、飲みはじめるとすぐに酔っ払ってさらに飲んで……というあたりまでは憶えているのだが。ある時点からの記憶は完全に飛んでしまっていて……気がついたときには構内のどこかの片隅《かたすみ》で独り、四つん這《ば》いになってげえげえやって、そのまま最低な気分で地面に突っ伏していたのである。

そんな僕をたまたま見かけて、見かねて「大丈夫ですか」と声をかけてくれたのが、彼だった。身を起こしたもののうまく歩けない僕に肩を貸して、学舎内の洗面所まで連れていってくれ、水を飲ませてくれた。僕たちは初対面だったが、どういう会話の流れでだったか、僕が京大ミステリ研の会員であると知ると、彼は「おや」と嬉《うれ》しそうな声を出した。

「ミステリ研の部屋は、この学園祭に遊びにくると必ず覗きにいったものです。私も学生時代は、別の大学で同じようなサークルに入っていたから」

「あれ、そうなんですか」

僕たちが遭遇したのはそれでも、この夜が初めてだったのだ。

「もう卒業を？」

「社会人二年生で大阪住まいです。きょうは仕事で京都へ来るついでもあったから、懐かしくて足を延ばしてみたんですよ。そしたらさっき、きみがあんなところに倒れているのを見つけて、何となく放っておけなくて」

「すみません。——でも、おかげで少し楽になりました」

「酔っ払いは苦手なんやけどね、ほんとは。まあ、ちょっとした気まぐれです」

「いえ、そんな……」

「放っておいたら、あのままあそこで倒れていたかもしれないでしょう。あしたになって、京大生の凍死のニュースを聞くのはいややしなあと」

「面目ないです」

まだまだ酔いがまわっていて、頭も呂律も怪しい状態の僕だった。けれども何を思ったのか彼は、そんな僕を喫茶店に誘ったのである。

「一緒に来た友人とはぐれてしまいましてね。今夜はその友人宅に泊めてもらう予定だったんですが、連絡が取れなくて。時間を潰《つぶ》すのにちょっと、つきあってくれませんか」

「いいんですか、酔っ払いが相手で」

「いいですよ。その代わりミステリの話、しましょう」

——といういきさつがあって、結局それから何時間ものあいだ、僕は彼と二人、終夜営業の喫茶店のテーブルで時間を過ごすことになったのだった。

相手がミステリ好きだと分かって、僕もたいそう嬉しかったのだろう。話しだすと、いくらでもミステリ談義に花が咲いた。将来はミステリ作家になりたいんだという志望も、気がつけば打ち明けていた。自分も実はそうなんだ——と、僕の言葉に応じたときの彼のまなざしは、はっとするほどに鋭くて、それでいて夢見る少年みたいに輝いていた。——ような気がする。

そんなこんなのうちに——。

「そう云えばね、このあいだ考えた犯人当てが一つ、あるんですが」

調子に乗って僕は、そう切り出したのだった。そして、先ごろ〈らんぶる〉でミステリ研の三人を相手に語ったのと同じような気持ちで、初対面の彼を相手に「ぬえの密室」を語ったのである。酔った勢いというのも、きっとあったのだろうと思う。たぶん自信満々で語ったのだろうとも思う。

ところが——。

〈らんぶる〉のときと同じように口述で「問題篇」を示したのち、「さて——」と「挑戦」を敢行すると、すかさず彼は「解答」を返してきたのだ。何から何まで、完全に真相を云い当てた正答を。

僕は大いにショックを受けた。文字どおり名探偵さながらの彼の推理に、完膚《かんぷ》なきまでに打ちのめされてしまったのだったが——。

「あのね、そんなにショックを受ける必要はないんですよ」

と、そこで彼が云った。

「し、しかし……」

「ショックを受けたのは私も同じなんですから」

「え？　どういう意味ですか」

「いやね、いま話してくれた『ぬえの密室』とまったく同じネタの話を、何ヵ月か前に私も思いついてね、小説化の構想も立てはじめていたんですよ。だから、聞いてすぐに分かってしまったんです」

僕は思わず「ええーっ!?」と叫んでしまった。そんな偶然があるものなのか、という驚きの叫びであった。

先ごろ天啓のようにアイディアが閃いたとき、これは前例のないネタだぞと確信して、あんなに興奮した僕だったのだ。なのに、である。よりによって今夜たまたま出会った彼が、まったく同じネタを先に思いついていたとは……。

「そ、そうだったんですか」

事情を聞いてもやはりショックは収まりきらず、僕はメニューを開いて見つけたビールを、気をまぎらわせるために注文した。自分が下戸であることの自覚が、このころはまだ足りていなかったらしい。――と、そんなわけでまた少し気分が悪くなってしまったがための、その後（＝今）のこの状況（酔いざましに冷たい空気を吸いたくなって……）なのである。

「ところでさっき、喫茶店で聞かせてもらった犯人当て――」

川のほうに目を向けたまま、彼が云いだした。

「あれはそのうち、『ぬえの密室』というタイトルで書いて、例会とかで発表するつもり？」

訊かれて、僕はこのとき、あまり迷いもせずに「いいえ」と答えた。

「そうなの？　何で？」

「それは……あなたが僕よりも先に考えていたネタですから」

「私もまだ書いてはいないけど？」

「いや、それでもやっぱり……」

「同じアイディアをたまたま同時期に思いついた。書くのは早い者勝ち、でしょう？」

「そういう人も多いのかもしれないけど……少なくともこれについては、僕はいいです」

「どうして？」

「何だかその、潔くないと云うか」

「プライドが許さない、とか？」

「うーん。そういうわけでもなくて」

革ジャンのポケットに深く両手を突っ込んで、僕は考え込んだ。が、いくら考えてみても、論理的に納得のいく答えは見つからなくて――。

「あなたが書けばいい、と思うんです」

結果、僕はそう答えたのである。

「僕よりもあなたが書くほうがいい、書くべきだ、と思うんです。なぜそうなのか、うまく説明できないんですけれど」

「ありがとう、と云うべきなのかな」

彼はベンチから立ち上がり、夜空を振り仰いだ。天は冷たく澄み渡っていて、街中にしては珍しく、たくさんの星の輝きが見えた。

「でもね、たぶん私も、もうこれは書かないと思う。私は私で、きみが書くほうがいいと思っているから、なのかもしれない」

「どうして、そんな？」

「さあ。どうしてかなあ。――不思議ですね」

「うん。不思議、ですねえ……」

こんなふうにしてこの夜、多くの時間を一緒に過ごした僕たちだったのだけれど、別れぎわになってもなぜか、お互いの電話番号や住所を知らせ合うことはしなかった。いずれまた会おう、という話にもならなかった。もしかしたらお互い、何か期するところがあったのかもしれない。——そんな気もする。

13

このときの「僕」には、四年後の一九八七年に自分が『十角館の殺人』で作家デビューする未来があることなどむろん、知るよしもなかった。だが、三十四年の時間《とき》を超えて飛来した「私」はむろん、それを含めたさまざまな「その後」を知っている。

八七年の一月には期せずして、のちに『生ける屍《しかばね》の死』で本格的なデビューを飾る山口雅也《やまぐちまさや》さんの、プレデビュー作とも云えるゲームブック版『13人目の名探偵』がJICC出版局から刊行されていた。九月に刊行された『十角館の殺人』は、島田荘司《しまだそうじ》さんによる力強い推薦文のおかげもあって予想以上の反響を呼び、勢いを得た講談社ノベルスの編集部は、翌八八年の九月には歌野晶午《うたのしようご》さんのデビュー作『長い家の殺人』を、ふたたび島田さんの推薦文を付して刊行する。その翌月には法月くんのデビューが続いた。小野さんのデビューもこの時期である。

こうして、いわゆる「新本格ミステリ・ムーヴメント」が始まり、毀誉褒貶《きよほうへん》相半ばしつつも確実に広がりを見せていく中――。

八九年になって東京創元社から『月光ゲーム』が刊行された直後、私は彼と再会することになった。そのときにはしかし、有栖川有栖《ありすがわありす》なる筆名でデビューしたその人物が、あの十一月祭の夜、鴨川の河川敷で「不思議ですね」と云い合ったあの青年であるとはまったく気づかず、その後もずっと気づかないままでいたのだ。初対面から三十四年、再会から二十八年が経った今夜の、この胡乱な眠りの中でようやっと、二人が結びついて一人になった。

彼のほうもたぶん、私と同じだったのだろうと思う。八三年に出会ったあのころを一つの境目として、その後の私たちはそれぞれ激動の時期に入っていったから。

急加速されたようなめまぐるしい変化があちこちで起こり、何かしら大きな時代のうねりを確かに感じて、戸惑いながらもそれに身を投じて……そんな中で、あの夜の記憶はすっかり私たちの「今」から遠ざかってしまい、不連続線の向こうのささやかな暗がりに隔離されつづけてきたのだ。秘《ひそ》やかに、そしてずいぶん頑《かたく》なに。だから、こんな……。

今度また彼とゆっくり話す機会があれば、ちょっと探りを入れてみようか、とも思う。

「ぬえの密室」という犯人当てを昔、聞いた憶えはないか？

まずはさりげなくそう尋《たず》ねてみれば……ああいや、けれどひょっとしたら、それもこれもすべてが、実は私の勝手な思い込みにすぎないのかもしれないのか。あるいは、いつのまにか入れ替わった「表」と「裏」に気づいていないだけ、なのかもしれない。しかし――。

だからと云って私たちの関係性が変わるような話では、これはもちろんないのである。

単行本（二〇一七年版）あとがき

「綾辻行人」が『十角館の殺人』で世に出たのが一九八七年九月のことだった。今年の九月でまる三十年が経つ。現時点では二十九年と四ヵ月。この間に発表して、これまで単独名義の著書には未収録のままだった短編・中編を一冊にまとめたのが本書、である。

収録された五編のうち、いちばん古い作品は九三年発表の「赤いマント」、いちばん新しい作品は二〇一六年発表の「人間じゃない――B〇四号室の患者――」なのだが、本書ではこれらを、内容の出来不出来や方向性などは無視して発表の順番どおりに並べてある。「未収録作品集」という本の性質に鑑《かんが》みて、そのようにしようと決めた。各作品の扉裏に簡単な自作解題を付したのも、同じ考えによる。

こうして一冊の本にまとめるにあたって改めて読み返してみると、各作品を執筆した当時の自分を取り巻いていた状況のあれこれが、おのずと心に蘇《よみがえ》ってくる。そういう意味ではどれもが思い出深い作品なのだけれど、とりわけやはり、〇六年に執筆した中編「洗礼」については特別な感慨を禁じえない。

もう書くつもりがなかった「どんどん橋」連作の番外編、である。

「つもりがなかった」のを曲げてこの作品を書いたのは、ちょうどその時期（二〇〇六年の夏）、デビュー当初から大変お世話になってきた元講談社の名編集者・宇山秀雄《うやまひでお》（＝日出臣《ひでお》）さんが急逝されるという〝事件〟があったがゆえ、だった。もう十年以上も昔の話になってしまったが、あのとき僕が受けた精神的なダメージは非常に大きくて、悲しみと喪失感のあまり、もしかしたら自分はこのまま何も書けなくなってしまうんじゃないか、とさえ本気で思えたものだった。長編『Another』の連載を『野性時代』で開始したばかりの時期でもあったのだが、どうかするとそれも途中で投げ出してしまいかねないような……そんなとき、当時『ジャーロ』の編集長を務めておられた光文社の北村一男《きたむらかずお》さんに「何でもいいから、とにかく書きなさい」と叱咤《しった》され、同誌への寄稿を約束していた短編の構想を捨てて急遽《きゅうきょ》、書くことにしたのが「洗礼」だったのである。

というような経緯やそのさいの自分の心情なども、本書をまとめる作業の中でしみじみと思い出された。そしてそう、この作品の最後の一文を書いたときの想いをまだもう少し忘れないでいたいなあ、と願ってみたりも。

ともあれ——。

「新本格三十周年」でもある（と云われている）大きな節目の年に、このような作品集を上梓《じょうし》できるというのはとても嬉しい話である。いろいろなタイプの〝綾辻行人的謎物語〟の詰め合わせなので、読者のみなさんにもどこかで楽しんでいただければ良いなと思う。

この場をお借りして、いくつかの謝辞を。

前記の北村一男さんはもちろん、各作品を発表した当時の各社担当諸氏にはやはり、お礼を申し上げておかねばならない。本書の刊行に向けて尽力してくださった講談社文芸第三出版部の栗城《くりき》浩美《ひろみ》さんと小泉直子《こいずみなおこ》さん、装幀を手がけてくださった鈴木《すずき》久美《くみ》さんには、特にお名前を記して。——ありがとうございます。

二〇一七年　新春

綾辻　行人

文庫〈完全版〉あとがき

あれれ？　というまに時間が経ってしまい、デビュー三十周年の年——二〇一七年の二月に上梓した『人間じゃない　綾辻行人未収録作品集』をそろそろ文庫にしましょうか、という話になった。文庫化にあたっては、一七年九月発表の「仮題・ぬえの密室」（講談社文芸第三出版部編『7人の名探偵　新本格30周年記念アンソロジー』所収）を加えたうえで、書名を『人間じゃない〈完全版〉』とすることにした。「仮題・ぬえの密室」のあとは現在に至るまで、長編『Another 2001』以外の小説作品をまったく発表していないので、〈完全版〉というこの看板に偽りはない。

ここではまず、追加収録した「仮題・ぬえの密室」について少し——。

『7人の名探偵』の刊行にさいして、講談社の「新本格ミステリ30周年」特設ウェブサイトに要を得たコメントを寄せている。次に全文を引いておこう。

「仮題・ぬえの密室」はエッセイ風の実名小説である。『どんどん橋、落ちた』や『深泥丘奇談』のさらに〝外側〟にいる「私」＝綾辻行人が、本作の語り手となる。このアンソロジーの性格や自分の能力その他を勘案して悩んだ末、こういうことになってしまった。「本格ミステリ」と呼べる代物ではないが、「本格ミステリについての小説」ではあると思う。今回の記念企画がなければ決して書かれえなかった作品だろうとも思う。——でもまあ、全体の「おまけ」のようなものとしてお読みください。

このアンソロジーではデビューが遅い作家から順に作品を並べる方針である、という情報を事前に得ていた。執筆陣の中で最もデビューが早かった自分は、従ってトリを務めることになる。ならば、この顔ぶれによるこの記念本の、その位置にあるからこそ面白味が増すようなものを……と考えて、暴投とも受け取られかねない「変化球」を投げようと決めたのだった。

——という、ちょっと特殊な性質の作品であるとご了解いただいて、本書でもまあ、これは「おまけ」のようなものとしてお読みください。

それにしても——。

三十周年記念のあれこれで賑《にぎ》やかだったあの年から、もう五年の月日が……と思うと、なかなか複雑な心境にもなる。

この五年間、いったい自分は何をしてきたのか。——改まって問うてみても詮ない話ではあるが。

二〇二〇年秋に『Another 2001』を上梓できたのは幸いだったけれど、執筆開始から完成まで、あまりにも時間がかかりすぎたという反省はどうしてもある。何かと気の重い社会状況が続く中、続いて「囁《ささや》き」シリーズ三部作の〈新装改訂版〉を納得のいく形で出すことができたのもまた幸いだったのだけれど、新しい作品はこの間、まるで書けていない。加齢による体力・気力その他の衰えはやはり否めないところ……いや、それにしてもこれはかなり不甲斐ない状態でありますな。

デビュー三十五周年を迎えてここはひとつ、生まれ変わったつもりでがんがんと新作を……いやいや、それもずいぶん無理のある話だから、まずはいいかげん腹を括《くく》って、ようやく輪郭が見えてきた十番目の「館《やかた》」を書きはじめるべし、なのだろう。ストレスで倒れてしまわない程度には頑張ってみようか、という所存なので、どうかいましばらく時間をいただきたい。

さて、本書では解説を新井久幸《あらいひさゆき》さんが書いてくださった。京都大学推理小説研究会の後輩で、今や某社のヴェテラン文芸編集者である彼は、二〇二〇年に刊行された『書きたい人のためのミステリ入門』の著者でもある。昔のよしみで、唐突な依頼を快諾してくれてありがとう、新井くん。

装画は今回、遠田志帆《えんたしほ》さんにお願いした。『Another』の刊行に先立って初めて作品を拝見し、一瞬で魅入られてしまって以来、早いものでもう十三年近くのおつきあいになる。本書でも彼女ならではの、実に魅惑的な絵を描いてくださった。カヴァーデザインはそして、お馴染《なじ》みの坂野公一《さかのこういち》さん。お二人にもここで、改めてお礼を申し上げます。

二〇二二年　七月

綾辻　行人

解説

帰りたい場所

新井久幸（編集者）

綾辻さんと話すと、いつも懐かしい気持ちになる。

初めて綾辻行人に会ったのは、一九八九年の春だった。推理小説研究会という、入会したばかりのサークルの会合の後、皆でたむろしていた喫茶店に、その人は現れた。

そのときは、「新入生です」という挨拶をした程度だったけれど、何日か後、下宿していたアパートの側でばったり会った。近所に住んでいるそうで、誘われるまま、お宅にお邪魔して珈琲をご馳走になった。もう結婚されていたから、小野不由美《おのふゆみ》さんもいて、好きな小説や漫画の話をしたり、マジックを見せてもらったりした。

大学を卒業するまでの四年間、そういう機会を何度も得て、当時はただひたすらに楽しかった時間が、今となっては、何だか夢のようにも感じられる。

あれから三十数年経ち、デビューしたての新人作家だった綾辻行人は、今や超ベテランどころか大御所である。けれど、会えば変わらずあの頃の綾辻さんのままだ。そんな綾辻さんと話していると、誰かとミステリの話がしたくてサークルの扉を叩いた頃にすっと戻れる気がして、それがとても心地好い。

この作品集の中には、綾辻行人と思《おぼ》しき人物が語り手だったり、サークルの先輩たちが実名で登場する作品があったりする。作家と作品は別物とはいえ、せっかくの機会だから、ほんの少しだけ後輩からの視点も交え、各作品を読んでいきたい。

犯人や真相を明かすことはないけれど、多少内容に踏み込んだ話にはなるので、先入観なしに作品を楽しみたい方は、先に本編を読まれますように。

「赤いマント」

『人形館の殺人』の後日譚に位置するこの作品は、「たぶん唯一の、ごく普通の推理小説なのではないか」と自作解題にある通り、確かにオーソドックスな構成のミステリである。しかしこの短い中に、驚くほど沢山のミステリ的技巧が詰まっている。

深夜、児童公園のトイレで起きた不可解な出来事について、まず考えられる仮説を挙げ、可能性のないものを潰していく。「あり得ないものを除去したとき、いかに信じがたいものが残ろうと、それが真実だ」という、ホームズの名言を地で行くような展開を見せながら、謎の焦点を、徐々に「誰が犯人か」というフーダニットから、「なぜそんなことをしたのか」というホワイダニットへと移してゆく。

そして最終的には、検証されてきた可能性の外側から真相が訪れるのだが、でも分かってみれば、それが一番無理なく納得できるものであり、そこに導くための周到な伏線にも気付く、という仕組みになっている。

綾辻行人のミステリにおける驚きは、こうして「検討した可能性の外」から示されることが多い。「挙げられた可能性の中で最も意外性のあるもの」ではなく、その外側に真相がある。しかし実は、「可能性の外」にあったのではなく、気付かなかった、いや、気付けなかっただけであり、あるいは、最初から目の前にあったが故に、見えているのに意識できなかった、だけなのだ。

この手際は、本書の他の作品でも、存分に味わうことができる。

もしかすると、『人形館の殺人』より先にこの短編を読み、「人形館」が気になった方があるかもしれない。大変余計なお世話ながら、「館シリーズ」は「十角館」「水車館」「迷路館」「人形館」「時計館」——と刊行順に読まれることを、強く強くお勧めする。シリーズ中四番目、「迷路館」の後にして「時計館」の前という、「ここしかない」絶妙の配置を、十全に堪能するために。

「崩壊の前日」

綾辻行人の描く光景は、それがどんなに凄惨な場面であっても、なぜだか美しく感じられる。文章によって喚起される、脳内でしか再生できないイメージが、鮮やかに視界を、そして思考を塗り尽くすのだ。

象徴的なのは、赤、なのだが、この「崩壊の前日」と、姉妹編「バースデー・プレゼント」に関しては、もう一色、白とのコントラストで、その美しさが際立っている。

「崩壊の前日」は、雪の日、白を基調に始まり、鮮血で幕を下ろす。一方、「バースデー・プレゼント」は、空白や装飾、調度品など、雪とは異なる白をベースにしながら、血と共に濃厚になっていく赤のイメージを挟み、最終的には閃光《せんこう》の白に裏返る。

内容も、夢が現実に侵蝕してくる感覚、始まりと終わり、誕生と終焉《しゅうえん》の物語とも読める点、由伊が主体か客体で登場するなど符合も多く、姉妹は姉妹でも、一卵性双生児といった印象を受ける。未読の方は、『眼球綺譚』で、是非もう一人の姉妹にも会っていただきたい。

「洗礼」

「どんどん橋」連作の後日談、あるいは番外編として位置づけられる作品である。『どんどん橋、落ちた』に収録されている五編中、三編にはU君なる人物が登場する。

仕事を抱えて苦吟している「僕」のもとに、確かに見憶えはあるのだが、はっきりと誰かは思い出せないU君が訪れ、おもむろに犯人当てを出して挑戦してくる、というのが共通する枠組みだ。

この『どんどん橋、落ちた』は、一般的には「『本格ミステリ』の極限を追究した短編集」といった捉え方をされているだろうけれど、僕はこの作品を「青春小説」としてとても愛している。

新装改訂版に収録されている「自作ガイド」では、語り手の「僕」は作家になっている綾辻行人であり、U君とは一九八四年に最初の「どんどん橋、落ちた」を書いた頃の「若いころの僕自身」である、と明かされる。そしてこの「僕」と「U君」との対話からは、「無邪気さをめぐる自註《じちゅう》」めいた主題が炙《あぶ》り出《だ》される、とも。

無邪気、という言葉でどうしても思い出してしまうのは、ノベルス版『黒猫館の殺人』のあとがきである。

「ずっと無邪気であり続けたいと、最近よく思います。」から始まる、短くはない文章が、「その『無邪気であり続けたい』というのが、最近僕が自らの創作活動に関して切実に抱いている想いである、とだけ、今ここに書きとどめておきたいと思います。」で結ばれている。「黒猫館」の発表は一九九二年。一九八七年のデビューから五年の時点で、既に「無邪気であり続け」ることは、かなりの深刻さをもった悩ましい課題だったことが分かる。

無邪気とは、子供っぽさを連想させる言葉でもあるから、変わらずそうあることは、「大人になる」の対極のようにも感じられる。けれど、「大人になる」ことと引き換えに失ったものの大きさや、訳知り顔の「大人」をいかに疎《うと》ましく感じたかは、かつて「子供」だったことがある身には、今更問うまでもないだろう。

そうはいっても否応なく刻《とき》は流れ、自分も、自分を取り巻く環境も変わっていく。現実問題として、まったく同じでいることはできない。どこかで、今との折り合いを付けることが求められる。

U君は、過去からやって来た番人なのだ。それこそ無邪気に将来を見遣《みや》っていた過去の自分から、現在の自分に向けられた眼差しなのだ。その視線は、鋭く厳しく突き刺さることもあろうし、逆に宥《なだ》め諭《さと》したくなることもあるだろう。事実、「僕」とU君との対話の幕切れは、回を重ねるごとに陰鬱さを増していく。

それでも「僕」は、その突き刺さる痛みをどこか快く思っているように感じられて、そう思える自分をちょっと楽しんでいるようにも感じられて、そんなところがとても好きなのである。

前置きが長くなってしまったが、「洗礼」は、最後にU君が訪ねて来てから七年半以上が経った後《のち》の物語である。

「死にかけのカブトムシ」のようになっている「僕」のところへ訪問客があるのだが、今回は姿を見せず、大きな封筒と、その中に「Uより」と書かれた手紙だけを残して去っていく。封筒の中にはノートが入っていて、どうやら「犯人当て」らしい。「洗礼」というタイトルは読めるが、作者名はインクが滲んでいて読み取れない。

この「洗礼」は、「K大学推理小説研究会《ミステリ》、第六十七回犯人当て」にまつわる物語で、「ぼく」がミステリ研で初めて犯人当てを披露した苦難の一日が描かれている。もちろん、作中には「ぼく」が書いた犯人当てが挿入され、全体で三重構造になる。

以下、ネタバレではないが、若干突っ込んだ話になるので、知りたくない方は、次の「蒼白い女」へお進み下さい。

K大となってはいるものの、これはどう考えても「京都大学推理小説研究会」のことだろうし、犯人当てに関しては、具体的な回数まで書いてある。意識的、としか思えない。

挿入される「YZの悲劇」という犯人当ても、途中で「僕」が語るように、いかにもミステリ研の新入生が書いた犯人当てっぽいのである。自分の趣味の世界を舞台にしているところとか、好きな固有名詞をマニアックに出しまくるところとか。そして、タイトルの「YZの悲劇」は、もちろんエラリー・クイーンの「レーン四部作」から来ているのだろう。いや、ミステリ研の新入生っぽく言うなら、バーナビー・ロスの。

そんなふうに気負い込んで書いた初めての「犯人当て」は、先輩の猛者たちからこてんぱんにされてしまう。そして「ぼく」は悲嘆にくれ、もう二度と書かないぞ、一生涯書かないぞ、と固く心に誓う。

のだけれど、「ぼく」がここで筆を折らなかったことは、誰より我々がよく知っている、ように思う。そしてその後、「シマダソウジをして『犯人当てクイズ』の名手と云わしめ」るようになることも。

最後になって、Uという人物が誰だったのか何となく分かり、同時に「今このタイミング」という言葉の意味が重みを増してくる。

この作品で、「僕」は「どんどん橋」連作とはまた違った眼差しを受け、更に遡《さかのぼ》る形で、ことあるごとに意識してきた想いと向き合ったのではないだろうか。最後の一行を読む限り、当分の間、「僕」を訪ねる深夜の客人はなさそうである。

そして蛇足ながら。

どうしても気になったので、ミステリ研の歴代犯人当てリストを調べてみた。第六十七回には、確かに「悲劇」の文字が刻まれていた。


「蒼白い女」


「深泥丘」連作の番外編であるこの掌編は、喫茶店が舞台であることや、身近な素材がキーアイテムであることもあってか、かなり「実話怪談」的な趣を濃くしている。

元々幽霊の類いをまったく信じていない「私」が、もしかして、と思い始めたが最後、気になって仕方なくなり、信じる信じないを振り子の如く行き来する心の揺れが巧みに織り込まれていて、それが気味の悪さをゆっくりと増幅させていく。

一方で、非常にミステリ的な怪談、でもある。

「私」が遭遇したちょっとした違和感について、考えられる仮説を挙げ、一つ一つ検証し、可能性のないものを消去していく。とても論理的な展開で、明かされる真実も現実的かつ合理的。

と思いきや、最後の最後になって、想定の外側からすとんと落とすあたり、綾辻サプライズそのものである。


「人間じゃない――B〇四号室の患者――」


「フリークス――五六四号室の患者――」には、「お前たちは人間ではない」というフレーズがある。続けて読むとよく分かるのだが、これは「人間じゃない」に対して、切り刻まれた死体の状態とも相俟《あいま》って、巧みなミスディレクションとして作用する。もちろんサブタイトルが示す通り、「人間じゃない」は、他の「患者シリーズ」と接続している。

舞台は、K＊＊綜合病院らしき場所。大河内という医師は「四〇九号室の患者」にも登場し、「フリークス」で「そんなものは存在しない」と明言されたはずの「特別病棟」が、「人間じゃない」においては存在を示唆される。部屋番号の頭にあるB

は、いわゆる地下室、Basementを意味する頭文字で、Ｋ＊＊綜合病院の秘密病棟の物語、のように読める。

そういった細かな点を指摘するまでもなく、「人間じゃない」は、「患者シリーズ」に共通する、アイデンティティについての物語である。これまでは「自己」について問われていた同一性が、「人間じゃない」では、自分から見た他者の同一性や、他者から見た自己の同一性といった、外側から見た同一性の揺らぎに広がって描かれる。それはまた、向こう側とこちら側、裏と表といった、自身が認識する立ち位置によって位相を変える、世界の揺らぎにもつながっていく。

元々は児嶋都の漫画の原作として考案されたこの作品、漫画版を読まれた方はお分かりの通り、漫画における暗黙の了解を利用した、ある種の「視覚的な叙述トリック」が使われている。

小説でも、漫画での仕掛けは忠実に再現されているが、漫画ならではの叙述トリックがどう文章で表現されているか、という辺りに注目すると、その大胆な伏線の提示に舌を巻くことだろう。さり気なく、しかし堂々と、最初から「鼻先に突きつけられて」いるのだから。

そしてもう一つ、咲谷由伊という登場人物によって、この作品は他のホラー作品とも接続している。由伊は、「崩壊の前日」にも登場する、綾辻ホラーを象徴する存在でもある。

様々に登場する由伊とは何者で、どういった存在なのか。由伊に会う度に気になるところなのだが、『深泥丘奇談』を「続々」まで読み進めると、少し、その実態に近づけるかもしれない。

「仮題・ぬえの密室」

文庫化に際して追加されたボーナストラックで、元々は『7人の名探偵　新本格30周年記念アンソロジー』のために書き下ろされた一本。

綾辻邸で繰り広げられる、「ぬえの密室」という幻の犯人当てについてのディスカッションが中心となるこの作品には、綾辻行人のみならず、小野不由美、我孫子武丸《あびこたけまる》、法月綸太郎《のりづきりんたろう》といった人たちが実名で登場する。名前だけ出てくる麻耶雄嵩《まやゆたか》も含め、オールスターキャストである。

そしてこの作中人物たち、「小説」であることを忘れてしまうほど、「本物」っぽいのである。

フランクだけど丁寧に語る法月さんの感じとか、酔いと共に部分的に覚醒していく我孫子さんの感じとか、要所要所で話のまとめと軌道修正をする小野さんの感じとか、割と酷い麻耶さんの扱いとか、多少なりとも当事者を知っている身としては、目の前で繰り広げられているとしか思えない臨場感なのだ。

最初に読んだとき強く感じたのは、「この雰囲気、どこかで……」という既視感のようなものだった。

どこかで見たことがある、というのではなく。

実際、これに近い場面に居合わせたことは何度もある。メンバーは多かったり少なかったりしたが、先輩たちに交ざってあれこれ話をする機会は結構あったし、お題は大抵、ミステリとその周辺に関することだった。だから、記憶のあちこちに残ってはいるのだけれど、でも、そういうのとはちょっと違って、もっと単なるイメージというか、想像上の場面のようなもので……。

と、初めはそこで止まってしまって、この感覚がどこから来たのかは分からなかった。

しかし今回、「人間じゃない」の漫画版が収録されている『綾辻行人　ミステリ作家徹底解剖』を再読していて、ようやくそのもやもやが吹き払われた。

二〇〇二年刊行のこのムックには、様々な人たちが綾辻行人についての文章を寄せているのだが、その中に、「隅っこの人」という小野不由美の文章がある。少し長くなるが、最後の部分を引用する。

「そんな氏が、自身の将来の理想について語ったことがあった。彼がまだデビューするはるか以前、そろそろ先々のことを決めねばならない、という頃だったと思う。『仕事とか生活のこととか、具体的なことは何も考えてないんだけど』と、彼は言った。

ただ、六十歳、七十歳になっても、公園の陽当たりのいいベンチに腰など下ろして、わたしとか我孫子くんとか法月くんとか——つまりは隅っこの人々と、こんなトリックを思いついたんだ、こういうネタはどうだろう、今年の乱歩賞はこれで応募してみようと思ってるんだ——そういう話をしていたい。それが自分の望む人生なんだ、と。

すばらしく素敵な理想だと思った。

そこから二十年、状況はものすごく変わったけれども、氏はちっとも変わらない。近頃では、だから、きっとそうなるんだろうな、という気がする。彼は多分、あれを貫いてしまうんだな、と。すごいことだ、と思う。」

ああ、これだ、と思った。

「仮題・ぬえの密室」で描かれている光景は、ここで語られていることに他ならない。

なんて凄いんだろう。と、感動せずにはおれなかった。

自分と同じようにミステリを愛する人たちと、時間を忘れて、心置きなくミステリについて語る――。

ミステリを、小説や本と置き換えてもいい。何か物語に触れたとき、「会って話したいな」と思い浮かべる顔があるのは、なんと幸せなことか。

本好きの魂に帰るべき場所があるとすれば、きっとここだろう。

何かを好きであり続ける喜びの原点は、ここにあるのではないか。こうした時間があるから、ずっと好きでいられるのではないか。大袈裟に言ってしまえば、生きることを密かに支える原動力は、ひょっとしたらこんなところにあるのではないか。そんなふうに思えた。

「洗礼」に締めくくられる「どんどん橋」連作で新たにされた想いは、更に遡行し、源流にたどり着いた。始まりの場所は依然としてそこにあり、揺るがないのだ。

この『人間じゃない』という作品集には、ホラーからミステリまで、様々なタイプの作品が、発表順に収められている。そこには、いままで単著には未収録だった、という以上の意味はないのかもしれない。しかし、こうして見てくると、図らずも、綾辻行人が変わらないこと、変わらずにいられることの理由が、作品を通して、刻を逆行しながら語られているようにも感じられる。

牽強附会《けんきょうふかい》、なのかもしれない、けれど。

一つ言えるのは、綾辻行人は揺るがない、ということだ。

そして、綾辻作品を愛する者にとって、綾辻行人が揺るがずあり続けるということは、我々読者の帰るべき場所も変わらずそこにある、ということと同義である。

綾辻行人を読むと、いつも懐かしい気持ちになる。

綾辻行人の作品は、毎回違った景色を見せながら、しかし必ず、帰りたい場所へ連れて行ってくれるからだ。

綾辻行人著作リスト（２０２２年８月現在）

【長編】

1 『十角館の殺人』
講談社ノベルス／１９８７年９月
講談社文庫／１９９１年９月
講談社文庫――新装改訂版／２００７年10月
講談社 YA! ENTERTAINMENT
／２００８年９月
講談社――限定愛蔵版／２０１７年９月

2 『水車館の殺人』
講談社ノベルス／１９８８年２月
講談社文庫／１９９２年３月
講談社文庫――新装改訂版／２００８年４月
講談社 YA! ENTERTAINMENT
／２０１０年２月

3 『迷路館の殺人』
講談社ノベルス／１９８８年９月
講談社文庫／１９９２年９月
講談社文庫――新装改訂版／２００９年11月

4 『緋色の囁き』
祥伝社ノン・ノベル／１９８８年10月
祥伝社ノン・ポシェット／１９９３年７月
講談社文庫／１９９７年11月
講談社文庫――新装改訂版／２０２０年12月

5 『人形館の殺人』
講談社ノベルス／１９８９年４月
講談社文庫／１９９３年５月
講談社文庫――新装改訂版／２０１０年８月

6 『殺人方程式――切断された死体の問題――』
光文社カッパ・ノベルス／１９８９年５月
光文社文庫／１９９４年２月
講談社文庫／２００５年２月

7 『暗闇の囁き』
祥伝社ノン・ノベル／１９８９年９月
祥伝社ノン・ポシェット／１９９４年７月
講談社文庫／１９９８年６月
講談社文庫――新装改訂版／２０２１年５月

8 『殺人鬼』
双葉社／１９９０年１月

双葉ノベルズ／1994年10月
新潮文庫／1996年2月
角川文庫（改題『殺人鬼　――覚醒篇』）／2011年8月

9
『霧越邸殺人事件』
新潮社／1990年9月
新潮文庫／1995年2月
祥伝社ノン・ノベル／2002年6月
角川文庫――完全改訂版（上）（下）／2014年3月

10
『時計館の殺人』
講談社ノベルス／1991年9月
講談社文庫／1995年6月
双葉文庫（日本推理作家協会賞受賞作全集68）／2006年6月
講談社文庫――新装改訂版（上）（下）／2012年6月

11
『黒猫館の殺人』
講談社ノベルス／1992年4月
講談社文庫／1996年6月
講談社文庫――新装改訂版／2014年1月

12
『黄昏の囁き』
祥伝社ノン・ノベル／1993年1月
祥伝社ノン・ポシェット／1996年7月
講談社文庫／2001年5月
講談社文庫――新装改訂版／2021年8月

13
『殺人鬼Ⅱ――逆襲篇――』
双葉社／1993年10月
双葉ノベルズ／1995年8月
新潮文庫／1997年2月
角川文庫（改題『殺人鬼　――逆襲篇』）／2012年2月

14
『鳴風荘事件――殺人方程式Ⅱ――』
光文社カッパ・ノベルス／1995年5月
光文社文庫／1999年3月
講談社文庫／2006年3月

15
『最後の記憶』
角川書店／2002年8月
カドカワ・エンタテインメント／2006年1月
角川文庫／2007年6月

16
『暗黒館の殺人』
講談社ノベルス――（上）（下）／2004年9月

講談社——限定愛蔵版／2004年9月
講談社文庫——（一）（二）／2007年10月
講談社文庫——（三）（四）／2007年11月
17『びっくり館の殺人』
講談社ミステリーランド／2006年3月
講談社ノベルス／2008年11月
講談社文庫／2010年8月
18『Another』
角川書店／2009年10月
角川文庫——（上）（下）／2011年11月
角川スニーカー文庫——（上）（下）／2012年3月
19『奇面館の殺人』
講談社ノベルス／2012年1月
講談社文庫——（上）（下）／2015年4月
20『Another エピソードS』
角川書店／2013年7月
角川書店——軽装版／2014年12月
角川文庫／2016年6月
21『Another 2001』
KADOKAWA／2020年9月

【中・短編集】
1『四〇九号室の患者』（表題作のみ収録）
森田塾出版（南雲堂）／1993年9月
2『眼球綺譚』
集英社／1995年10月
祥伝社ノン・ノベル／1998年1月
集英社文庫／1999年9月
角川文庫／2009年1月
3『フリークス』
光文社カッパ・ノベルス／1996年4月
光文社文庫／2000年3月
角川文庫／2011年4月
4『どんどん橋、落ちた』
講談社／1999年10月
講談社ノベルス／2001年11月
講談社文庫／2002年10月
講談社文庫——新装改訂版／2017年2月
5『深泥丘奇談』
メディアファクトリー／2008年2月
MF文庫ダ・ヴィンチ／2011年12月
角川文庫／2014年6月

6『深泥丘奇談・続』
メディアファクトリー／２０１１年３月
ＭＦ文庫ダ・ヴィンチ／２０１３年２月
角川文庫／２０１４年９月

7『深泥丘奇談・続々』
ＫＡＤＯＫＡＷＡ／２０１６年７月
角川文庫／２０１９年８月

8『人間じゃない　綾辻行人未収録作品集』
講談社／２０１７年２月
講談社文庫（増補・改題『人間じゃない〈完全版〉』）／２０２２年８月

【雑文集】

1『アヤツジ・ユキト　１９８７―１９９５』
講談社／１９９６年５月
講談社文庫／１９９９年６月
講談社――復刻版／２００７年８月

2『アヤツジ・ユキト　１９９６―２０００』
講談社／２００７年８月

3『アヤツジ・ユキト　２００１―２００６』
講談社／２００７年８月

4『アヤツジ・ユキト　２００７―２０１３』
講談社／２０１４年８月

【共著】

○漫画

＊『ＹＡＫＡＴＡ①』（漫画原作／田篭功次画）
角川書店／１９９８年12月

＊『ＹＡＫＡＴＡ②』（同）
角川書店／１９９９年10月

＊『ＹＡＫＡＴＡ③』（同）
角川書店／１９９９年12月

＊『眼球綺譚―yui―』（漫画化／児嶋都画）
角川書店／２００１年１月
角川文庫（改題『眼球綺譚―COMICS―』）／２００９年１月

＊『緋色の囁き』（同）
角川書店／２００２年10月

＊『月館の殺人（上）』（漫画原作／佐々木倫子画）
小学館／２００５年10月
小学館――新装版／２００９年２月
小学館文庫／２０１７年１月

＊『月館の殺人（下）』（同）
小学館／２００６年９月

小学館――新装版／２００９年２月
小学館文庫／２０１７年１月
＊『Another ①』（漫画化／清原紘画）
角川書店／２０１０年10月
＊『Another ②』（同）
角川書店／２０１１年３月
＊『Another ③』（同）
角川書店／２０１１年９月
＊『Another ④』（同）
角川書店／２０１２年１月
＊『Another ０巻　オリジナルアニメ同梱版』（同）
角川書店／２０１２年５月
＊『十角館の殺人①』（漫画化／清原紘画）
講談社／２０１９年11月
＊『十角館の殺人②』（同）
講談社／２０２０年８月
＊『十角館の殺人③』（同）
講談社／２０２１年３月
＊『十角館の殺人④』（同）
講談社／２０２１年10月
＊『十角館の殺人⑤』（同）
講談社／２０２２年５月

○絵本
＊『怪談えほん８　くうきにんげん』（絵・牧野千穂）
岩崎書店／２０１５年９月

○対談
＊『本格ミステリー館にて』（vs.島田荘司）
森田塾出版／１９９２年11月
角川文庫（改題『本格ミステリー館』）／１９９７年12月
＊『セッション――綾辻行人対談集』
集英社／１９９６年11月
集英社文庫／１９９９年11月
＊『綾辻行人と有栖川有栖のミステリ・ジョッキー①』
（対談＆アンソロジー）
講談社／２００８年７月
＊『綾辻行人と有栖川有栖のミステリ・ジョッキー②』（同）
講談社／２００９年11月
＊『綾辻行人と有栖川有栖のミステリ・ジョッキー③』（同）
講談社／２０１２年４月

＊『シークレット　綾辻行人ミステリ対談集in京都』
光文社／２０２０年９月

○エッセイ

＊『ナゴム、ホラーライフ　怖い映画のススメ』（牧野修と共著）
メディアファクトリー／２００９年６月

○オリジナルドラマDVD

＊『綾辻行人・有栖川有栖からの挑戦状①
安楽椅子探偵登場』（有栖川有栖と共同原作）
メディアファクトリー／２００１年４月

＊『綾辻行人・有栖川有栖からの挑戦状②
安楽椅子探偵、再び』（同）
メディアファクトリー／２００１年４月

＊『綾辻行人・有栖川有栖からの挑戦状③
安楽椅子探偵の聖夜〜消えたテディ・ベアの謎〜』（同）
メディアファクトリー／２００１年11月

＊『綾辻行人・有栖川有栖からの挑戦状④
安楽椅子探偵とUFOの夜』（同）
メディアファクトリー／２００３年７月

＊『綾辻行人・有栖川有栖からの挑戦状⑤
安楽椅子探偵と笛吹家の一族』（同）
メディアファクトリー／２００６年４月

＊『綾辻行人・有栖川有栖からの挑戦状⑥
安楽椅子探偵　ON　AIR』（同）
メディアファクトリー／２００８年11月

＊『綾辻行人・有栖川有栖からの挑戦状⑦
安楽椅子探偵と忘却の岬』（同）
KADOKAWA／２０１７年３月

＊『綾辻行人・有栖川有栖からの挑戦状⑧
安楽椅子探偵　ON　STAGE』（同）
KADOKAWA／２０１８年６月

【アンソロジー編纂】

＊『綾辻行人が選ぶ！　楳図かずお怪奇幻想館』（楳図かずお著）
ちくま文庫／２０００年11月

＊『贈る物語　Mystery』
光文社／２００２年11月
光文社文庫（改題『贈る物語　Mystery
九つの謎宮《めいきゅう》』）／２００６年10月

＊『綾辻行人選　スペシャル・ブレンド・ミステリー
謎009』（日本推理作家協会編）

講談社文庫／２０１４年９月

＊『**連城三紀彦　レジェンド　傑作ミステリー集**』
（連城三紀彦著／伊坂幸太郎、小野不由美、米澤穂信と共編）
講談社文庫／２０１４年11月

＊『**連城三紀彦　レジェンド２　傑作ミステリー集**』（同）
講談社文庫／２０１７年９月

【ゲームソフト】

＊『**黒ノ十三**』（監修）
トンキンハウス（ＰＳ用）／１９９６年９月

＊『**ナイトメア・プロジェクト　ＹＡＫＡＴＡ**』
（原作・原案・脚本・監修）
アスク（ＰＳ用）／１９９８年６月

【書籍監修】

＊『**ＹＡＫＡＴＡ―Nightmare Project―**』
（ゲーム攻略本）
メディアファクトリー／１９９８年８月

＊『**綾辻行人　ミステリ作家徹底解剖**』
（スニーカー・ミステリ倶楽部編）
角川書店／２００２年10月

＊『**新本格謎夜会《ミステリー・ナイト》**』（有栖川有栖と共同監修）
講談社ノベルス／２００３年９月

＊『**綾辻行人殺人事件　主たちの館**』
（イーピン企画と共同監修）
講談社ノベルス／２０１３年４月

本書は二〇一七年二月に単行本として刊行された『人間じゃない　綾辻行人未収録作品集』に同年九月発表の「仮題・ぬえの密室」を加えて再編集した増補・完全版です。

|著者| 綾辻行人　1960年京都府生まれ。京都大学教育学部卒業、同大学院修了。'87年に『十角館の殺人』で作家デビュー、〝新本格ムーヴメント〟の嚆矢となる。'92年、『時計館の殺人』で第45回日本推理作家協会賞を受賞。『水車館の殺人』『びっくり館の殺人』など、〝館シリーズ〟と呼ばれる一連の長編は現代本格ミステリを牽引する人気シリーズとなった。ほかに『殺人鬼』『霧越邸殺人事件』『眼球綺譚』『最後の記憶』『深泥丘奇談』『Another』などがある。2004年には2600枚を超える大作『暗黒館の殺人』を発表。デビュー30周年を迎えた'17年には『人間じゃない　綾辻行人未収録作品集』が講談社より刊行された。'19年、第22回日本ミステリー文学大賞を受賞。

人間《にんげん》じゃない〈完全版《かんぜんばん》〉

綾辻行人《あやつじゆきと》

2022年8月10日第1刷発行
2024年6月12日第5刷発行

発行者――森田浩章
発行所――株式会社　講談社
東京都文京区音羽2-12-21　〒112-8001
電話　出版（03）5395-3510
　　　販売（03）5395-5817
　　　業務（03）5395-3615

Printed in Japan

講談社文庫
定価はカバーに
表示してあります

KODANSHA

デザイン―菊地信義
本文データ制作―講談社デジタル製作
印刷―――株式会社KPSプロダクツ
製本―――株式会社KPSプロダクツ

ISBN978-4-06-528277-9

講談社文庫刊行の辞

二十一世紀の到来を目睫に望みながら、われわれはいま、人類史上かつて例を見ない巨大な転換期をむかえようとしている。

世界も、日本も、激動の予兆に対する期待とおののきを内に蔵して、未知の時代に歩み入ろうとしている。このときにあたり、創業の人野間清治の「ナショナル・エデュケイター」への志を現代に甦らせようと意図して、われわれはここに古今の文芸作品はいうまでもなく、ひろく人文・社会・自然の諸科学から東西の名著を網羅する、新しい綜合文庫の発刊を決意した。

激動の転換期はまた断絶の時代である。われわれは戦後二十五年間の出版文化のありかたへの深い反省をこめて、この断絶の時代にあえて人間的な持続を求めようとする。いたずらに浮薄な商業主義のあだ花を追い求めることなく、長期にわたって良書に生命をあたえようとつとめるところにしか、今後の出版文化の真の繁栄はあり得ないと信じるからである。

同時にわれわれはこの綜合文庫の刊行を通じて、人文・社会・自然の諸科学が、結局人間の学にほかならないことを立証しようと願っている。かつて知識とは、「汝自身を知る」ことにつきていた。現代社会の瑣末な情報の氾濫のなかから、力強い知識の源泉を掘り起し、技術文明のただなかに、生きた人間の姿を復活させること。それこそわれわれの切なる希求である。

われわれは権威に盲従せず、俗流に媚びることなく、渾然一体となって日本の「草の根」をかたちづくる若く新しい世代の人々に、心をこめてこの新しい綜合文庫をおくり届けたい。それは知識の泉であるとともに感受性のふるさとであり、もっとも有機的に組織され、社会に開かれた万人のための大学をめざしている。大方の支援と協力を衷心より切望してやまない。

一九七一年七月

野間省一

講談社文庫　目録

芥川龍之介　藪の中
有吉佐和子　新装版 和宮様御留
阿刀田　高　ナポレオン狂
阿刀田　高　新装版 ブラック・ジョーク大全
安房直子　春の窓〈安房直子ファンタジー〉
相沢忠洋　「岩宿」の発見〈幻の旧石器を求めて〉
赤川次郎　偶像崇拝殺人事件
赤川次郎　人間消失殺人事件
赤川次郎　三姉妹探偵団
赤川次郎　三姉妹探偵団2〈キャンパス篇〉
赤川次郎　三姉妹探偵団3〈珠美・初恋篇〉
赤川次郎　三姉妹探偵団4〈怪奇篇〉
赤川次郎　三姉妹探偵団5〈復讐篇〉
赤川次郎　三姉妹探偵団6〈危機一髪篇〉
赤川次郎　三姉妹探偵団7〈駈け落ち篇〉
赤川次郎　三姉妹探偵団8〈人質篇〉
赤川次郎　三姉妹探偵団9〈青ひげ篇〉
赤川次郎　三姉妹探偵団10〈父恋し篇〉
赤川次郎　死が小径をやってくる〈三姉妹探偵団11〉

赤川次郎　死神のお気に入り〈三姉妹探偵団12〉
赤川次郎　次女と野獣〈三姉妹探偵団13〉
赤川次郎　心地よい悪夢〈三姉妹探偵団14〉
赤川次郎　ふるえて眠れ、三姉妹〈三姉妹探偵団15〉
赤川次郎　三姉妹、呪いの道行〈三姉妹探偵団16〉
赤川次郎　三姉妹、初めてのおつかい〈三姉妹探偵団17〉
赤川次郎　恋の花咲く三姉妹〈三姉妹探偵団18〉
赤川次郎　月もおぼろに三姉妹〈三姉妹探偵団19〉
赤川次郎　三姉妹、ふしぎな旅日記〈三姉妹探偵団20〉
赤川次郎　三姉妹、清く貧しく美しく〈三姉妹探偵団21〉
赤川次郎　三姉妹と忘れじの面影〈三姉妹探偵団22〉
赤川次郎　三姉妹、舞踏会への招待〈三姉妹探偵団23〉
赤川次郎　三人姉妹殺人事件〈三姉妹探偵団24〉
赤川次郎　三姉妹、さびしい入江の歌〈三姉妹探偵団25〉
赤川次郎　三姉妹、恋と罪の峡谷〈三姉妹探偵団26〉
赤川次郎　静かな町の夕暮に
赤川次郎　キネマの天使〈レンズの奥の殺人者〉
新井素子　グリーン・レクイエム〈新装版〉
安能務 訳　封神演義 全三冊

安西水丸　東京美女散歩
綾辻行人　殺人方程式〈切断された死体の問題〉
綾辻行人　鳴風荘事件 殺人方程式II
綾辻行人　十角館の殺人〈新装改訂版〉
綾辻行人　水車館の殺人〈新装改訂版〉
綾辻行人　迷路館の殺人〈新装改訂版〉
綾辻行人　人形館の殺人〈新装改訂版〉
綾辻行人　時計館の殺人〈新装改訂版〉
綾辻行人　黒猫館の殺人〈新装改訂版〉
綾辻行人　暗黒館の殺人 全四冊
綾辻行人　びっくり館の殺人
綾辻行人　奇面館の殺人(上)(下)
綾辻行人　どんどん橋、落ちた〈新装改訂版〉
綾辻行人　緋色の囁き〈新装改訂版〉
綾辻行人　暗闇の囁き〈新装改訂版〉
綾辻行人　黄昏の囁き〈新装改訂版〉
綾辻行人　人間じゃない〈完全版〉
綾辻行人ほか　7人の名探偵
我孫子武丸　探偵映画

我孫子武丸　新装版8の殺人
我孫子武丸　眠り姫とバンパイア
我孫子武丸　狼と兎のゲーム
我孫子武丸　新装版殺戮にいたる病
我孫子武丸　修羅の家
有栖川有栖　ロシア紅茶の謎
有栖川有栖　スウェーデン館の謎
有栖川有栖　ブラジル蝶の謎
有栖川有栖　英国庭園の謎
有栖川有栖　ペルシャ猫の謎
有栖川有栖　幻想運河
有栖川有栖　マレー鉄道の謎
有栖川有栖　スイス時計の謎
有栖川有栖　モロッコ水晶の謎
有栖川有栖　インド倶楽部の謎
有栖川有栖　カナダ金貨の謎
有栖川有栖　新装版マジックミラー
有栖川有栖　新装版46番目の密室
有栖川有栖　虹果て村の秘密
有栖川有栖　闇の喇叭《らっぱ》
有栖川有栖　真夜中の探偵
有栖川有栖　論理爆弾
有栖川有栖　名探偵傑作短篇集　火村英生篇
浅田次郎　勇気凛凛ルリの色
浅田次郎　霞町物語
浅田次郎　ひとは情熱がなければ生きていけない〈勇気凛凛ルリの色〉
浅田次郎　シェエラザード(上)(下)
浅田次郎　歩兵の本領
浅田次郎　蒼穹の昴　全四巻
浅田次郎　珍妃の井戸
浅田次郎　中原の虹　全四巻
浅田次郎　マンチュリアン・リポート
浅田次郎　天《てん》子《し》蒙《もう》塵《じん》　全四巻
浅田次郎　天国までの百マイル
浅田次郎　地下鉄《メトロ》に乗って〈新装版〉
浅田次郎　おもかげ
浅田次郎　日輪の遺産〈新装版〉
青木玉　小石川の家
天樹征丸　画・さとうふみや　金田一少年の事件簿　小説版〈オペラ座館・新たなる殺人〉
天樹征丸　画・さとうふみや　金田一少年の事件簿　小説版〈雷祭《いかずちまつり》殺人事件〉
阿部和重　アメリカの夜
阿部和重　グランド・フィナーレ
阿部和重　A　B　C〈阿部和重初期作品集〉
阿部和重　ミステリアスセッティング
阿部和重　IP/NN　阿部和重傑作集
阿部和重　シンセミア(上)(下)
阿部和重　ピストルズ(上)(下)
阿部和重　アメリカの夜　インディヴィジュアル・プロジェクション〈阿部和重初期代表作Ⅰ〉
阿部和重　無情の世界　ニッポニアニッポン〈阿部和重初期代表作Ⅱ〉
甘糟りり子　産む、産まない、産めない
甘糟りり子　産まなくても、産めなくても
甘糟りり子　私、産まなくていいですか
赤井三尋　翳《かげ》りゆく夏
あさのあつこ　NO.6〔ナンバーシックス〕#1
あさのあつこ　NO.6〔ナンバーシックス〕#2
あさのあつこ　NO.6〔ナンバーシックス〕#3
あさのあつこ　NO.6〔ナンバーシックス〕#4

あさのあつこ　NO.6〔ナンバーシックス〕#5
あさのあつこ　NO.6〔ナンバーシックス〕#6
あさのあつこ　NO.6〔ナンバーシックス〕#7
あさのあつこ　NO.6〔ナンバーシックス〕#8
あさのあつこ　NO.6〔ナンバーシックス〕#9
あさのあつこ　NO.6beyond〔ナンバーシックス・ビヨンド〕
あさのあつこ　待っ　て　る〈橘屋草子〉
あさのあつこ　さいとう市立さいとう高校野球部（上）（下）
あさのあつこ　甲子園でエースしちゃいました〈さいとう市立さいとう高校野球部〉
あさのあつこ　おれが先輩？〈さいとう市立さいとう高校野球部〉
阿部夏丸　泣けない魚たち
朝倉かすみ　肝、焼ける
朝倉かすみ　好かれようとしない
朝倉かすみ　ともしびマーケット
朝倉かすみ　感応連鎖
朝倉かすみ　たそがれどきに見つけたもの
朝比奈あすか　憂鬱なハスビーン
朝比奈あすか　あの子が欲しい
天野作市　気高き昼寝
天野作市　みんなの旅行
青柳碧人　浜村渚の計算ノート
青柳碧人　浜村渚の計算ノート　2さつめ〈ふしぎの国の期末テスト〉
青柳碧人　浜村渚の計算ノート　3さつめ〈水色コンパスと恋する幾何学〉
青柳碧人　浜村渚の計算ノート　3と$\frac{1}{2}$さつめ〈ふえるま島の最終定理〉
青柳碧人　浜村渚の計算ノート　4さつめ〈方程式は歌声に乗って〉
青柳碧人　浜村渚の計算ノート　5さつめ〈鳴くよウグイス、平面上〉
青柳碧人　浜村渚の計算ノート　6さつめ〈パピルスよ、永遠に〉
青柳碧人　浜村渚の計算ノート　7さつめ〈悪魔とポタージュスープ〉
青柳碧人　浜村渚の計算ノート　8さつめ〈虚数じかけの夏みかん〉
青柳碧人　浜村渚の計算ノート　8と2分の1さつめ〈つるかめ家の一族〉
青柳碧人　浜村渚の計算ノート　9さつめ〈恋人たちの必勝法《マーチンゲール》〉
青柳碧人　浜村渚の計算ノート　10さつめ〈ラ・ラ・ラ・ラマヌジャン〉
青柳碧人　霊視刑事夕雨子《ゆうこ》1〈誰かがそこにいる〉
青柳碧人　霊視刑事夕雨子2〈雨空の鎮魂歌《レクイエム》〉
朝井まかて　花《はな》競《くら》べ〈向嶋なずな屋繁盛記〉
朝井まかて　ちゃんちゃら
朝井まかて　すかたん
朝井まかて　ぬけまいる
朝井まかて　恋歌
朝井まかて　阿《お》蘭《らん》陀《だ》西《さい》鶴《かく》
朝井まかて　藪《やぶ》医《い》　ふらここ堂
朝井まかて　福袋
朝井まかて　草々不一
歩《あゆみ》りえこ　ブラを捨て旅に出よう〈貧乏乙女の“世界一周”旅行記〉
安藤祐介　営業零《ぜろ》課《か》接待班
安藤祐介　被取締役《とりしまられやく》新入社員
安藤祐介　おい！山田〈大翔製菓広報宣伝部〉
安藤祐介　宝くじが当たったら
安藤祐介　一〇〇〇ヘクトパスカル
安藤祐介　テノヒラ幕府株式会社
安藤祐介　本のエンドロール
青木理　絞首刑
麻見和史　石の繭〈警視庁殺人分析班〉
麻見和史　蟻《あり》の階段〈警視庁殺人分析班〉
麻見和史　水晶の鼓動〈警視庁殺人分析班〉
麻見和史　虚空の糸〈警視庁殺人分析班〉
麻見和史　聖者の凶数〈警視庁殺人分析班〉

講談社文庫　目録

麻見和史　女神の骨格〈警視庁殺人分析班〉
麻見和史　蝶の力学〈警視庁殺人分析班〉
麻見和史　雨色の仔羊〈警視庁殺人分析班〉
麻見和史　奈落の偶像〈警視庁殺人分析班〉
麻見和史　鷹《たか》の砦《とりで》〈警視庁殺人分析班〉
麻見和史　凪《なぎ》の残響〈警視庁殺人分析班〉
麻見和史　天空の鏡〈警視庁殺人分析班〉
麻見和史　賢者の棘《とげ》〈警視庁殺人分析班〉
麻見和史　深紅の断片〈警防課救命チーム〉
麻見和史　邪神の天秤〈警視庁公安分析班〉
麻見和史　偽神の審判〈警視庁公安分析班〉
有川　浩　三匹のおっさん
有川　浩　三匹のおっさん　ふたたび
有川　浩　ヒア・カムズ・ザ・サン
有川　浩　旅猫リポート
有川ひろ　アンマーとぼくら
有川ひろ ほか　ニャンニャンにゃんそろじー
荒崎一海　門前仲町〈九頭竜覚山　浮世綴㈠〉
荒崎一海　蓬莱橋雨景〈九頭竜覚山　浮世綴㈡〉
荒崎一海　寺町哀感〈九頭竜覚山　浮世綴㈢〉
荒崎一海　小《お》名《な》木《き》川《がわ》〈九頭竜覚山　浮世綴㈣〉
荒崎一海　一色町雪花〈九頭竜覚山　浮世綴㈤〉
朱野帰《かえる》子《こ》　駅物語
朱野帰子　対岸の家事
東　浩紀　一般意志2・0〈ルソー、フロイト、グーグル〉
朝倉宏景　白球アフロ
朝倉宏景　野球部ひとり
朝倉宏景　つよく結べ、ポニーテール
朝倉宏景　あめつちのうた
朝倉宏景　エール〈夕暮れサウスポー〉
朝倉宏景　風が吹いたり、花が散ったり
朝井リョウ　スペードの3
朝井リョウ　世にも奇妙な君物語
有沢ゆう希　末次由紀 原作　〈小説〉ちはやふる　上の句
有沢ゆう希　末次由紀 原作　〈小説〉ちはやふる　下の句
有沢ゆう希　末次由紀 原作　〈小説〉ちはやふる　結び
有沢ゆう希　小説　パーフェクトワールド〈君といる奇跡〉
有沢ゆう希　原作：金田一蓮十郎　脚本：徳永友一　小説　ライアー×ライアー
秋川滝美　幸《こう》腹《ふく》な百貨店
秋川滝美　幸腹な百貨店〈デパ地下おにぎり騒動〉
秋川滝美　幸腹な百貨店〈催事場で蕎麦屋呑み〉
秋川滝美　マチのお気楽料理教室
秋川滝美　ヒソップ亭〈湯けむり食事処〉
秋川滝美　ヒソップ亭2〈湯けむり食事処〉
赤神　諒　神遊の城
赤神　諒　大友二階崩れ
赤神　諒　大友落月記
赤神　諒　酔象の流儀　朝倉盛衰記
赤神　諒　空《うつせ》貝《がい》〈村上水軍の神姫《しんき》〉
赤神　諒　立花三将伝
彩瀬まる　やがて海へと届く
浅生　鴨　伴走者
天野純希　有楽斎の戦
天野純希　雑賀《さいか》のいくさ姫《ひめ》
青木祐子　コーチ！〈はげまし屋・立花ことりのクライアントファイル〉
秋《あき》保《う》水《すい》菓《か》　コンビニなしでは生きられない
相沢沙呼　medium《メディウム》〈霊媒探偵城塚《じょうづか》翡翠《ひすい》〉

2024年3月15日現在